Opal
オパール文庫

エリート国際弁護士にロックオンされました!!

蘇我空木

JN249936

プランタン出版

プロローグ　5
第一章　猛烈なアプローチ　27
第二章　繫がる身体と繫がらない心　86
第三章　自覚した想い　130
第四章　予想外の未来　182
エピローグ　231
あとがき　245

※本作品の内容はすべてフィクションです。

プロローグ

目の前に聳え立つビルを見上げ、沓子《とうこ》はふうっと息を吐いた。

「時間外の通用口は……あっちか」

時刻はもう少しで二十二時を回ろうとしている。月の半ばの水曜日ということもあり、高層オフィスビルが立ち並ぶこの周辺は既に閑散としていた。

工具が詰め込まれた鞄は相変わらず肩に食い込む。久々に修理用具一式を手にした沓子は、足早に唯一明かりの灯った場所を目指して歩き始めた。

「すみません。三十八階のオルトナー法律事務所に修理で伺いたいのですが……」

通用口でそう切り出すと、人の良さそうな守衛がちらりと胸元に視線を向けた。沓子の羽織っている作業服の胸ポケットには「Ｈａｌｉｏｓ《ハリオス》」と刺繍が入っており、彼はそれを見るなり人懐っこそうに微笑んだ。

「ハリオスさんね。はいはい、聞いてますよ」

先方はご立腹だと聞いていたが、どうやらちゃんと連絡は入れてくれていたらしい。

今までの経験から、ここでまたひと悶着あるだろうと身構えていた沓子は密かに胸を撫で下ろした。

「時間外入館申請書」と書かれたカードに必要事項を記入し、入館バッチを受け取る。エレベーターの場所を教えてもらい、静まり返ったロビーを横切った。

やけに広いエレベーターに一人で乗るのはどこか心細さを覚えてしまう。しかし今はそんな事を考えている場合ではない。沓子は手にしたタブレット端末に目を落とし、これから向かう先の情報を頭に叩き込んだ。

今から沓子が訪問するのは世界的に有名な法律事務所である。企業法務のコンサルタント業務を専門としており、沓子の勤め先である事務機器メーカー「ハリオス」では「プレミア」と呼ばれる重要顧客なのだ。

その特別対応ぶりといったら、専任の営業担当とサポート担当が一つのチームとして対応にあたっているほどの高待遇である。

しかし沓子はそのチームに所属している訳ではない。確かに以前は修理担当のサービスマンだったが、ここことは違う下町エリアの担当だった。

今は開発部門へ異動している身でありながら、とある事情によって修理に向かわされている。

今回の修理対象はハリオスの主力製品である複合機である。

プリンターとコピー、そしてスキャン機能を兼ね備えているだけあり、他の機器よりもトラブルが起きやすい。連絡があった時、表示されているエラーコードは教えてもらっていた。念の為にもう一度マニュアルに目を通して確かめながら、沓子は深い溜息をついた。

事の発端は一時間前に遡る。

新製品の発表まで半年を切り、試作品の組み立てに追われていたところにサービスサポート時代の先輩である森下《もりした》から電話が入った。

現在彼が担当しているオルトトナー法律事務所で、先週納入したばかりの複合機が故障した。本来なら自分が行くべきなのだが、妻と娘が熱を出して寝込んでいる。しかも他のメンバーも出張やら接待ですぐに対応が出来ないので、代わりに行ってもらえないかという連絡だった。

完全にサポート時間外ではあるが、そこは上顧客ゆえの特別対応なのだろう。その上絶賛残業中だった沓子のいるオフィスからであれば、社用スクーターで三十分と掛からずに到着できる。沓子の上司には話をつけておくので急いで向かって欲しいと頼み込まれ、渋々ながら了承したのだ。

柔らかな電子音がエレベーター内に鳴り響き、ドアが静かに開く。廊下に敷き詰められた絨毯の柔らかさに驚き、思わず「おぉ……」と声が漏れてしまった。

このフロアにはテナントが一つしか入っていない。「Ortner GLOBAL Law Firm」と大きく書かれた銀色の看板を横目にガラス戸を押し開けた。

その先には立派な受付カウンターがあるが、今は当然ながら無人である。しかも内線電話らしきものも見あたらない。どうやら教えてもらっている連絡先へ電話を掛けるしかなさそうだ。

更に奥のドアから淡い光が漏れているのを見つけ、沓子はポケットからスマホを取り出しながらそちらへと足を向けた。

「あ……」

番号を打ち込み、通話ボタンを押す寸前で内側からドアが開かれた。慌てて姿勢を正した沓子の前にすらりとしたシルエットが浮かび上がる。

女性の中では標準的な身長である沓子が見上げるほどの長身。柔らかな光を背に現れた男の姿に思わず固まってしまった。

咄嗟に浮かんだのは「どうしてこんな所にモデルさんが？」という疑問。

緩くウェーブがかった髪に縁取られた顔は小さく、目鼻立ちはCGかと疑いたくなるほど完璧なバランスで配置されている。一見して高級な生地だとわかる三つ揃いのスーツ姿は、現実に存在しているとはとても思えない均整の取れた身体つきをしていた。

弁護士事務所に来たはずなのに、高級服飾ブランドの広告に出ていそうな男性が沓子の前に佇んでいる。しかも、じっとこちらを見つめてくる瞳がヘーゼル色をしているのに気付き、沓子はにわかに焦りだした。

そうだ。ここはいわば外資系企業。沓子は英語が全くと言っていいほど出来ないので、どう切り出すべきかわからない。

「あ、えーっと……」

「修理の人？」

わたわたとスマホで検索しようとした指が止まる。この人、日本語が通じる……！

沓子は首から提げたＩＤカードを顎のすぐ下まで持ち上げた。

「はい！　ハリオスの堀井《ほりい》と申します。この度は弊社製品の件でご不便をおか……」

「そういうの要らないから、早く入って」

男は低い声でそう言い放つなり、くるりと背を向けた。

虚をつかれて動きを止めた杳子だが、肩紐がずり落ちた鞄を慌てて持ち直すと広い背中を追いかける。

広々とした廊下の両脇にずらりと並んだドアは応接室だろうか。彼はずんずんと廊下を進み、ドアの横にあるパネルにカードをかざした。この先がオフィスエリアのようだ。

「右側の奥だ」

表情は相変わらず不機嫌そのものだが、開けたドアを先に通してくれるあたりは紳士的だと言える。軽く頭を下げてから杳子が足を踏み入れた場所は、映画のセットのような印象を受けた。

いくつも個室があるものの、ガラスの壁で仕切っているので窮屈さは感じられない。奥に進むほど個室のスペースが広くなっているから、どうやら立場順に部屋割りがされているらしい。となると、奥の部屋が割り当てられている彼は若そうなのに有能な弁護士なのだろう。

言われた通りに右奥へと進むと、目的のものがすぐに見つかった。

どうやらオフィスには彼しか残っていないらしい。部分的に照明が灯された薄暗い空間では故障を知らせるランプがやけに目立つ。杳子は吸い寄せられるように真っ赤な光へと近寄っていった。

これが、オルトナー専用機……！

噂には聞いていたが、まさか現物にお目にかかれる日が来るとは思わなかった。

大口顧客らしく機能やパーツにも専用のカスタマイズが入っているが、最大の特徴は筐体の色だろう。落ち着いた雰囲気のオフィスに馴染むよう、白ではなくダークグレーのオリジナルカラーが使われているのだ。

やっぱり格好いい。写真撮りたいけど状況的に難しいよね……お願いだけしてみる？

沓子が静かに興奮していると、背後から響いた低い声が容赦なく現実へと引き戻してくれた。

「どれくらいで直る？」

「えーと、そうですね……」

大急ぎで思考をサポートモードへ切り替え、液晶パネルに表示されているメッセージを確認した。

エラーメッセージから判断するに、給紙ローラーに不具合が出ている。大体の場所は表示されているものの、実際に見てみないとわからない。

沓子は未だ点滅を続けるランプをしばし見つめてから口を開いた。

「三十分……いえ、二十分いただければ」

「わかった。とにかく急いでいる。二十分では難しいと判断した時点で教えて欲しい」

「承知いたしました」

隣の部屋にいる、と言い残して去っていく背中を思わず見送る。その先にあるものを見つけ、慌てて声を掛けた。

「あのっ、あちらに置かれているものは使えないのでしょうか?」

ガラスの壁を挟んで逆側にも全く同じモデルが置かれている。そちらは省エネモードになっているようだが普通に使えそうだ。ドアノブに手を掛けた彼は半分だけ振り返ると小さく肩をすくめた。

「セキュリティレベルが違う。ネットワークも別なので利用は不可だ」

「あ……なるほど」

「それに、もし使えるのなら、わざわざ君を呼んでいない」

「そうですね、失礼しました」

そんなこともわからないのか、と言わんばかりの口調にさすがの杳子もムカっとした。

——が、森下から「重要顧客《プレミア》なのを忘れるなよ!」と念を押されていたことを思い出し、下がりそうになった口角を何とか引き上げる。

「それでは、作業を始めさせていただきます」

「あぁ、頼む」

沓子はぺこりと頭を下げてから問題の複合機へと向き直った。

久々の修理作業だが勘は鈍っていない。それに、以前から参考資料として社内公開されていたオルトナー専用機の仕様書は散々読み込んである。

ハンドルを引いて前面パネルを開き、ロックレバーを手際よく順番に外して目的の箇所を外側に引き出す。工具鞄からペンライトを取り出して奥の方からチェックを始めた。

「うっわ……」

思わず声が漏れる。これはなかなかの大仕事だと、沓子は大急ぎで専用のクリーナーとクロスを取り出した。

紙を送る部分に細かく千切れた薄い紙が沢山貼り付いている。しかもそれはローラーと同じ色をしているので見つけにくく、ひとつひとつ探すより、全て拭き取ってしまう方が手っ取り早いと沓子は判断した。

いっそ「間に合わない」と白旗を上げてしまおうか……？

脳裏にそんな考えがよぎる。――が、先ほどの呆れ顔を思い出した途端、負けず嫌いの沓子は燃え上がる。

主電源を落としている間に用意を済ませ、高そうなフロアマットの上にどかりと胡座をかいた。

「……よしっ！」

自分に気合いを入れ、沓子は猛然と手を動かし始めた。

前面パネルを閉じて電源を入れ、エラー表示が出ていないのを確認するなり腕時計へと目を遣った。開始からの経過時間は十八分。どうやらギリギリ間に合ったらしい。

沓子はほっと安堵の溜息を吐き、鞄からクリップボードを取り出した。

ドアをノックすると書類を手にしていた彼が顔を上げた。組んでいた足を解き、こちらへ歩いてくる姿に思わず見惚れてしまう。

「終わった？」

「は、はい。動作確認の為に、何かテストでコピーか印刷をお願いしたいのですが」

最近はクレーム対策としてルールが細かく決まっている。いくらテストでも印刷枚数としてカウントされてしまうので、適当なものをコピーする訳にはいかない。沓子の頼みに彼が躊躇いの気配を見せた。

「機密性の高い書類しかないのだが……」

「でしたら、こちらでテストデータを出力させていただいてもよろしいでしょうか？」

「あぁ、構わない」

許可を得た沓子は取って返し、パネルを操作して設定情報を印刷する。しばらくすると微かな稼働音が響き、排紙トレイにふわりと一枚の紙が舞い降りた。

沓子は取り出した紙の状態をじっくりと眺める。不自然な跡が付いていないか、汚れがないかを確認してからすぐ近くにやってきた彼を見上げた。

「動作確認も取れました。もうお使いいただけます」

これで任務完了。何とか重要顧客を失わずに済んだようだ。

思わずにっこり笑うと、ずっと仏頂面だった彼も釣られたように端整な顔に笑みを浮かべる。

「ありがとう」

「いえ、ご不便をお掛けして申し訳ありませんでした。ただ、その……」

立場上あまり文句は言えないのだが、これだけは伝えておくべきだろう。沓子は所々が千切れた黒い紙を差し出した。

「これは?」

「内部に落ちていました。どなたかがこれを挟んだまま印刷されたようです」

ローラーに貼り付いていたものの正体は複写用のカーボン紙だった。恐らく裏紙を使った際に紛れ込んだのだろう。内部へ取り込まれた時は静電気でどこかにくっつき、彼が印刷した拍子に巻き込んでしまったのが故障の原因だった。

今後は利用者に気をつけてもらえれば再発は防げる件だが、彼のタイミングの悪さには同情してしまう。

「こちらは報告書に添付させていただきますが、不要でしたら破棄をお願いします」

「うん、わかった」

沓子はその場で書いてしまおうと思っていたのに、彼は少し離れたミーティングテーブルを使うよう勧めてくれた。さすがに疲れているのでありがたく座らせてもらい、急いでペンを走らせる。

視界の端では透明な箱の中で彼が何やら書類を片手に電話を掛けている。こんな時間に仕事だなんて、弁護士は想像していたよりも優雅な職業ではないらしい。

——と、ふわりと香ばしい匂いが鼻腔をくすぐった。

「よかったら飲んで」

「えっ？　あ、ありがとうございます」

スマートな仕草でプラスチックのカップが傍らに置かれる。砂糖とミルクは？　と尋ねられ不要だと答えたのに、何故か彼はその場から動こうとしなかった。

「その……さっきはすまなかった」

「何が、でしょうか？」

きょとんとする杳子の前に立った彼は気まずそうに前髪をかき上げる。そんなさりげない仕草ですら、彼がやると何かのＣＭのように見えてしまうから不思議だ。

「わざわざ遅くに来てくれたというのに、随分と失礼な態度を取ってしまった」

再び申し訳ない、と言いながら軽く頭を下げられ、杳子は慌てて立ち上がった。

「いえいえ！　あの、そういうのは本当に気になさらないで下さい」

「しかし……」

「こんな遅くまで仕事をされているって事はとてもお忙しいんですよね？　そんな時に機械が壊れたら腹が立つのは当然ですから」

「……そう言ってもらえると助かる」

だだっ広い事務所だというのに、今ここにいるのは杳子と彼だけ。彼も本来ならプライベートを楽しんでいる時間なのだろう。

しかも悲しいかな、サービスマン時代に怒られることに慣れてしまっている。あれはいつだったか、現場に到着するなり怒鳴られた時はさすがに驚きのあまり硬直してしまったが、故障という状況を考えれば仕方がないと思えた。

だから、それに比べたら彼の刺々しい態度など可愛いものにすら思える。顔を合わせた当初は「すごく格好いいのに嫌な奴」という印象だったが、修理を終えたらちゃんとお礼も言ってくれた。

それだけでも十分だったのに、わざわざ座らせてくれてコーヒーまで出してくれた。その上しっかりと謝罪までしてもらい、沓子の中で彼の株は急上昇していた。

再び報告書作りに取り掛かっていると、彼は早速複合機を使い始めている。少し気になって顔を上げると二つ折りにされた紙束が目に入った。

「そちらをコピーされるのでしょうか？」

「うん。明日の打ち合わせでどうしても必要でね」

紙束を広げ、一番上の自動原稿送り装置へ紙を乗せたものの、操作に迷っているのかパネルのボタンをいくつも押している。見かねた沓子が立ち上がってそちらへ向かうと、彼は少し困った表情を浮かべた。

「あっ、大丈夫です。私は英語が全然わかりませんので！」

いくら機密保持契約《NDA》を結んでいるからといっても、その点に関して慎重になるのは職業柄なのだろう。数歩手前で沓子がそう告げると、彼は一瞬だけ目を丸くしてからくすっと笑みを零した。

「これを二部ずつコピーしたいんだ」

「承知しました。ホッチキス留めは必要でしょうか?」

「ホッチ、キス……?」

一瞬戸惑った顔をされ、沓子は慌てて言い直す。

「ええっと、ステープラー?　……ですかね」

確かメニューにはそう書かれていたはず。それなら伝わるかも、という目論見は当たっていたようで、二つ折りかつ長辺二箇所を留めて欲しいと希望を伝えられた。

メニューの配置は指が覚えている。沓子は素早く指定された通りのオプションを設定するとスタートボタンを押した。

結構な枚数があったのでその間に報告書を終わらせてしまおう。沓子は再びテーブルに戻るとペンを手に取った。

「よし……と」

ちょうど書き終わる頃にコピーが終わったらしい。彼は一部を手にしてパラパラとページを繰っている。

「すみません、こちらにサインをお願いします」

「わかった」

クリップボードを手渡すと、彼はそこにさらさらと迷いのない手付きでサインを入れてくれた。綺麗な手に握られると、どこかのノベルティでもらったボールペンですら高級品に見えてくる。

流れるように書かれた文字はなんと書いてあるのかさっぱりわからない。そういえば彼の名前を聞いていなかったと今頃になって気がついた。とはいえ、森下は把握しているだろうし、修理は無事に終わったので特に問題はないだろう。

報告書は二枚の複写式になっている。べりっと剝がした上の紙を杏子が受け取り、下になっていた方を例のカーボン紙と共にクリアファイルへと挟み込んだ。それを氏名不明の彼に渡す。

「本当に助かったよ。ありがとう」

「いえ、お待たせしまして申し訳ありませんでした」

ストレートな感謝の言葉がなんだかくすぐったい。しかもとんでもない美形の笑顔は、薄暗い部屋の中でもやけにキラキラしていて眩しかった。

「コピーは大丈夫でしたか？」

「うん、完璧」

満足そうに冊子を眺めている姿を見ると、こちらまで嬉しくなる。

修理が無事終わった解放感からか、沓子はつい余計なことまで語り始めてしまった。

「実は、中央にできた折り跡はコピーしないという機能があってですね。これを使っていただくと仕上がりも綺麗ですし、トナーの削減にもなるんです」

「へぇ……凄いね」

本をコピーする際にも使えますよ、とハリオス自慢の機能を紹介した沓子はボタンの位置を指で示す。と、ここまで説明してふと気がついた。沓子はパネルをもう一度確認してからおずおずと口を開く。

「もしかして、メニューは英語表記の方が良いですか？」

「えっ、できるの？」

管理者モードでのログインが必要だが、その情報ならちゃんと共有されている。沓子ができますと答えると彼はまた嬉しそうに笑った。

「正直、漢字がちょっと難しくてね」

「ドット表記は独特ですよね。日本人でも一瞬読めない時があります」

サポートセンターに電話をすれば遠隔操作で日本語に戻せることも忘れずに伝えた。複合機の周辺をぐるりと見渡し、忘れ物がないかを確認してから片付けに取り掛かる。

「はい、これ」

撤収の用意が整った沓子へ、最後まで名前を聞けずじまいだった彼が名刺を差し出してくる。名刺と彼の顔へ視線を往復させてからおずおずと口を開いた。

「あの、サインをいただきましたので、特に必要は……」

「いいから、はい」

半ば強引に押し付けられて沓子は渋々受け取る。高級な紙を使っているのが手触りですぐにわかった。一番目立つ文字で「Raymond Elphinstone」と記されているから、それが彼の名前なのだろう。正直……ファミリーネームは長過ぎる上に発音に自信がない。

目の前では彼がじっとこちらを見つめている。何かを待っているような様子をしばし眺めていたが、その理由に思い至った沓子は、慌てて鞄に戻したばかりの名刺入れを取り出した。

「す、すみません。改めまして堀井と申します」

「うん、ありがとう」

沓子の名刺は報告書に貼り付けてある。わざわざ渡す必要があったのかは疑問だが、とりあえず彼が満足そうなのでよしとしよう。

複合機を始めとした事務機器メーカーなので、名刺も自社で印刷しています、と言い添えると形の良い眉の間にすっと皺を寄せた。

「堀井さんは……開発《Development》のスタッフなの？」

　杳子自身は英語ができなくても、名刺の裏面にはちゃんと英語表記が入っている。どうやら彼はそちらを見たらしい。

「はい。三ヶ月前にサービスサポートから異動したばかりです。今日はたまたま会社に残っていたのでこちらへお邪魔しました」

「そうだったんだ。お陰で助かったよ」

　半年後に新製品のリリースを控え、開発部は最終確認に追われている真っ最中なのだ。連日の残業にうんざりしていたが、彼の言葉で少しだけ元気を取り戻した。

「それ、重そうだね。持とうか？」

「いえいえ！　お構いなく」

　工具の詰まった鞄にすっと手が差し伸べられる。今まで何件も修理に行ったがそんな事を言われたのは初めてで、杳子は急いでそれを肩に掛けた。思わぬ申し出に動揺したらしく、重さでふらつきかけたが何とか気合いで持ち直す。

　来た時と同様に彼の後に続いて出口を目指した。しかし先導する彼の歩みはゆっくりしていて、時折振り返っては杳子の様子を窺ってくれる。

　行きと帰りでは随分と扱いが違うなぁと杳子は内心で苦笑いを浮かべた。

てきた。


「それでは失礼します」

「あ、ちょっと待って。そのまま……」

　来た時と同じく、再び杳子はだだっ広いエレベーターに一人で乗り込む。階数ボタンのある右側へと顔を向けた瞬間、なぜか彼がジャケットのポケットに手を入れながら近寄ってきた。

「何か付いてる」

「えっ？　……あぁっ！　す、すみません！」

　素早く出されたハンカチで頬を拭われた。ほら、と黒い汚れを見せられ、杳子は思わず大きな声をあげる。なにかの拍子にトナーがくっついていたらしい。

　気付かなかったことにも驚いたが、それ以上にお客様のハンカチを汚してしまった。しかもあれ、絶対に高いやつ！　焦りまくる杳子を前に彼はくすりと小さく笑った。

「あああのっ」

「まだ少し残ってるね、動かないで」

　彼はすっと身を屈めると杳子に更に近付く。さっきより念入りに頬を拭われ、鼻先を甘く優しい香りがふわりと掠めた。

「うん、これで大丈夫」

柔らかな声が耳朶を打ち――綺麗になったはずの頬に何かが触れる。

「気を付けて帰って」

呆然とする沓子の前でエレベーターの扉が静かに閉じられた。

第一章　猛烈なアプローチ

沓子の勤め先である事務機器メーカー「ハリオス」は、その前身である「播磨《はりま》事務機」の時代を含め、来年で創業六十周年を迎える。

開発部ではそれを記念して発売される新製品の最終調整に追われていた。

「あれ？　ここ、引っ掛かりますね」

「またかよ……おーい、誰か設計書持ってこい。紙のやつな」

「はいっ、取ってきます！」

沓子は入社して六年目に入ったが開発部では新人である。今日も新人らしく雑用に走り回っていた。

新しいユニットの部品が届いたものの、なぜか想定通りの挙動にならない。メジャーであちこち測って設計書と比較し、製造部門へ修正部分を指摘する。これでもう何回目だろうか。連日の激務と相まって部屋の空気がやけに重く感じた。

「堀井、いるか？」

「いまーす！ ……あれっ、森下さん」

沓子は床にへばりついていた身を慌てて起こした。戸口に立っている人物が軽く手を上げる姿に思わず目を丸くする。

「奥様とお子さんは大丈夫なんですか？」

「おー、何とか落ち着いた」

きっと看病でほとんど寝ていないのだろう。二日前、沓子に無茶振りをした張本人は少し疲れた顔で笑いながら紙袋を差し出した。

「こないだは本当に助かった。これ、チームで食ってくれ」

「わあっ、ありがとうございます！」

渡されたのは隣駅にある有名パティスリーのシュークリームである。

最近はなぜかそれが社内で差し入れの定番になっている。チーム全員分ともなるとなかなかの金額になったはず。

沓子の心配が顔に出ていたのか、森下はニヤリと不敵な笑みを浮かべた。

「大丈夫だって。経費で落としてもらえることになってる」

「そうなんですか？」

「当たり前だろ。これでオルトナーとの契約が守れたんだから安いもんだって」

「まぁ、確かにそうですが……」

多くの一流企業を顧客に抱える法律事務所で採用されるレベルの製品、というのが営業的にも売り文句になっている。

導入台数もさることながら、昨今取り沙汰される情報漏えい対策という点でもこの契約は死守したい、という話は前から聞いていた。

水曜日のうちに修理報告書は森下に送っておいた。森下もまたすぐにチーム内で共有したらしく、翌日出勤してみるとオルトナーの担当部長から直々にお礼のメールが来ていた。

時間帯はだいぶ普通ではなかったが、それ以外はサービスサポート時代に散々やってきたことなので沓子本人はあまりピンと来ていない。お役に立ててよかったです、と曖昧に微笑むと森下が周囲を気にしてから口を開いた。

「よりによってオーナーの息子が来日した日に故障するとかさ……タイミングが悪すぎて焦った」

「あはは、そういう時ってありますよね」

「いやいや、堀井は会ってるだろ」

「…………は？」

オーナーの、息子？

ぽかんと口を開ける沓子の前で森下は大袈裟なほどびっくりした顔になった。

「事務所にいたはずだぞ。まさかあのイケメンを忘れるとか……あー、堀井ならやりかねないか」

「なっ……ちゃんと覚えてますよ！　ただ知らなかっただけですっ」

修理に夢中になるあまり、客の顔を全く覚えていない。森下には新人時代に散々注意されたが、さすがに今は押さえるべき点は押さえているつもりだ。

森下の説明によると、彼の名はレイモンド・エルフィンストーン。

名刺の文字列をぼんやり思い出し、沓子はへーそう読むんだーと密かに納得する。

オルトナー法律事務所の本拠地はイギリスにある。世界で五千を超える弁護士を擁する法律事務所の創業者一族にして、現オーナーの三男。若くして数々の案件をこなしてきたことから、イギリス法曹界では超有名人なのだそうだ。

名門一族の出身で美貌と実力を兼ね備えているのだから有名になるのも頷ける。

不意にモデルと見紛うばかりの容姿と甘いけど爽やかな香り、そして——頰に受けた感触が沓子の脳裏に蘇った。

「どうもアジアで大々的な合併案件があるらしく、それを担当するんだとさ。って、なんか顔、赤くないか？」

「……なんでもありません」

日本語はとても上手だったが彼はイギリス人なのだ。

きっと「あれ」に深い意味はなく、単なる挨拶だったのだろう。もしくは、焦りまくっていたせいで勘違いしたという可能性も捨てきれない。

なにせあの後、エレベーターのガラスに映し出された沓子は悲惨なものだった。

後ろできっちり一つに結んであったはずなのに、奥の給紙ローラーを取るべく、複合機の中に頭を突っ込んだせいで髪はボサボサ。汗をかいたこともあり、ところどころファンデーションが剝げ落ちていた。

こんな姿でとんでもない美形と喋っていたのかと頭を抱えたくなったが、それはもう後の祭り。どうせ二度と会うことはないだろうと、自分を慰めながら帰社した。

火照った頰をどうやって冷まそうか。缶ジュースを買ってくるのが手っ取り早いかな、などと考えていた沓子は、数時間後に再び彼の名前を目にするなど想像だにしていなかった。

今日は金曜日。社内は休み前日の浮かれた雰囲気が漂っているが、沓子のデスクがある部署には無縁のものだった。つまり、休日出勤が確定している。

部品の修正依頼は揉めに揉め、遂に「設計図だけではあてにならない」と製造部門の担当者がこちらに赴き、現物を一緒に確認することになってしまった。

今は一刻を争う事態なので土曜日が潰れるのも仕方がないと納得している。

沓子は日に日に荒れていく一人暮らしの部屋と溜まる一方の洗濯物をどうしようか悩みつつ、パソコンに向かいメールソフトを立ち上げた。

続々と新着メールが届く中、見覚えのない送信者名が受信トレイの一番上に表示されている。

反射的にスパムメールだろうと判断し、削除ボタンをクリックしそうになった。

が、件名が日本語だったので寸前で思い留まる。モニターに顔を近付け、アルファベットを一文字ずつ目で追う。あれ、この名前はどこかで見たような……？

「………………えぇっ⁉」

「どうした？」

素っ頓狂な声を上げた沓子に周囲から視線が集中する。慌てて「何でもありません」と謝ってからもう一度その名前を確かめた。

間違いない。

メールの送信者は「Raymond Elphinstone」。

つまり――先日の「彼」だ。

件名が「修理の御礼」と書かれたメールを恐る恐る開いてみた。

最初に堀井沓子様、と漢字でフルネームが書かれている。名字はまだしも、下の名前は通常の変換で出ない事が多いのに、と密かに感心しつつ読み進めた。

まずは二日前の深夜対応についてのお礼の言葉から始まり、失礼な態度を取った件について、そしてメールを送るのが遅れた件の謝罪が続いていた。

態度についてはあの場でも謝られたし、そもそもお礼を伝えてくれる方が珍しい。律儀な人だなぁと思っていた沓子だが、二行空けて続いた文章を読んで思わず「んん?」と声を漏らした。

そこに書かれていたのは、有り体に言ってしまえば食事のお誘い。

本来の業務外の仕事をさせてしまったお詫びに、週末ランチに行きませんかという内容だった。

綺麗にまとめられた文章にたっぷり三回は目を通し、思わず首を傾げた。

沓子はあくまで仕事として修理へ行ったに過ぎず、わざわざ彼に奢ってもらう義理はない。残業代の他に修理手当ても付くから報酬も十分、しかも森下から美味しいシュークリームまでもらっている。

それから、正直に言うと——面倒くさい。

いくら男系家族の中で生まれ育ち、工業系高専出身で男性に慣れているとはいえ、あんな美形を前にしたらどんなに美味しいものを食べても味がわからなくなりそうだ。それに、テーブルマナーにもあまり自信がない。

ただでさえみっともない姿を晒してしまったのだから、これ以上の接触はご免こうむりたい気持ちでいっぱいだった。

今は新製品開発で忙しいのだ。口実などでっち上げるまでもない。

沓子はわかりやすい文章になるよう心がけつつ、断りの返事を送るべくキーボードを叩き始めた。

◇◆◇

二週間後の日曜日——沓子は慎重な足取りで駅の階段を登っていた。

早くもスニーカー通勤に慣れてしまったのでパンプスの足元が覚束ない。よくもまあこんな不安定な靴を毎日履いていたものだと、数ヶ月前までの自分に感心する。

無事に階段を登りきり、舗装された道を歩きながら腕時計にちらりと目を遣った。約束の十二時まで残り五分。目的地はもうすぐそこなので遅刻せずに済んだ。

一ヶ月ぶりに確保した二連休なのだ。できれば存分に惰眠をむさぼり、荒れた部屋を片付けたり洗濯をしたい。そして夜はビールでも飲みつつ、買ったまま放置している専門書を読み耽りたかった。しかし、そんな沓子のささやかな望みはあえなく粉砕されてしまった。

その原因は――。

待ち合わせに指定されたホテルのロビーに足を踏み入れる。なかなか賑わっているというのに相手はすぐに見つけられた。

中央に鎮座する巨大オブジェは有名な造形作家の作品らしいが、残念ながら沓子にはその良さが全くわからない。やけに重そうな造形物の傍らに佇んでいる姿は、ただ立っているだけなのにまるで雑誌の撮影のようだ。

行き交う人々はそちらに注目しながらひそひそと囁き合っている。しかしあまりの眩さに遠巻きにするだけで、誰も近付こうとはしなかった。

杳子は意を決してから彼に向かってまっすぐ歩いていく。そして少し離れた位置で立ち止まり、きっちり足を揃えると軽く頭を下げた。

「こんにちは。お待たせしまして申し訳ありません」

「いや、僕も今来たばかりだよ」

こうすれば美麗な彼との関係を誤解されなくて済むはず。ただの知人ですよー恋人じゃないですよーというアピールは功を奏したらしく、四方八方から突き刺さる視線はそこまで痛く感じられなかった。

二週間ぶりに顔を合わせたのは、ハリオスの重要顧客であるオルトナー法律事務所に所属する弁護士。そしてオーナーの息子でもあるレイモンド・エルフィンストーンその人だった。

レイモンドは杳子へキラキラした笑みを向けてから進む方向をスマートに指し示した。

今日の彼はスーツ姿ではなく、ニットにジャケット、そしてスラックスという装いで、この前はきっちり撫でつけられていた髪も軽く整えられているだけ。

カジュアルダウンしたレイモンドとは逆に、杳子は普段の仕事着よりもドレスアップしているというのに並び立つと落差が凄まじい。これは素材の問題だから仕方ない、と杳子は無心で足を進めた。

サービスサポートにいた頃はスーツ着用が義務付けられていた。とはいえ、汚したり破いたりすることがしょっちゅうだったので、ストレッチ素材の安いパンツスーツを着回していた。開発部門に異動してからは私服通勤になり、やはり動きやすくて汚れてもいいという、平たく言えばファストファッションブランドのものばかり着ている。

急遽サポートに出た日もポロシャツにチノパン、そしてパーカーというラフな格好をしていた。さすがにこれでは……ということで、パーカーを会社のロゴが入った作業着に替えて出掛けたのだ。

そもそも沓子はファッションに興味がない。ワードローブはデザインなど二の次で、動きやすくて手入れが簡単なものばかりである。そんな人間が超セレブから食事に誘われたら大慌てするのは当然だろう。

正当な理由により丁重な断りを入れたにも拘わらず、なぜかレイモンドは食い下がってきた。すぐに次週の土曜日はどうかという再提案が来たが、残念（?）ながら仕事です、と返した。もちろんこれも事実なので仕方ない。

これでようやく諦めてくれるだろうと思いきや——すぐさま更に翌週の土日は、とメールが返ってきた時は本当に驚いた。そこまで「お詫び」にこだわるとは、外見から想像がつかないが、どうやらレイモンドは義理堅い武士のような性格をしているらしい。

相手が相手な上に、さすがにここまでされるといよいよ断りづらくなってくる。

この経験もいずれ何かの役に立つかもしれない。思考を切り替えた沓子は「急に仕事が入るかもしれませんが、今のところ空いています」と返信するに至った。そして直前にキャンセルしても構わないから、と補足が付いた状態で待ち合わせの日時と場所を指定されたのだ。

それからが大変だった。いくらランチといえども場所は五つ星ホテルである。相応の服装をしていなければ、沓子本人だけでなくレイモンドに恥をかかせることになる。唯一の救いはメインダイニングではなく、ロビー階にあるカジュアルなレストランだという点だろうか。

店の情報をサイトで確認したところ、ドレスコードは特に記載されていない。わざわざ結婚式用のワンピースを引っ張り出す必要はなさそうだと安堵した。

そんな訳で沓子は前日にデパートへ赴き、少し光沢のあるロングブラウスとカプリパンツを買い求めた。そしてものはついでと、半年ぶりに美容院でカットとトリートメントをしてもらってから当日を迎えた。

ブラウスは襟の刺繍をひと目見て気に入ってしまった。共布の細いベルトが付いているのでウエストシェイプできる点も良い。

最初は面倒で仕方なかった準備だが、いざやってみるとなかなか楽しかった。

残るは当日、粗相の無いようにするだけ。とはいえ、それが最難関ではあるのだが。

緊張しきりの沓子を連れたレイモンドはやけに上機嫌だった。店までの道を歩きながらあれこれ話しかけてくれて、その都度顔を覗き込まれる。キラキラした美貌が目の前まで近付いてくるのはどうにも目と心臓に悪い。沓子はさり気なく目を伏せることでその危機をやり過ごした。

「いらっしゃいませ、エルフィンストーン様。お待ちしておりました」

店に着くと名前を告げることなく奥まった席へと通される。さすがセレブ……と密かに感心していると メニューが差し出された。

カジュアルダイニングだけあり、沓子でも知っている料理名が並んでいる。確かサイトにはシーフードカレーが名物だと書いてあったはず。カレーならスプーンだけで済むから安心して食べられるだろう。沓子はサラダとデザート、食後のコーヒーが付いてくるランチセットに決めた。

「あの……安物で申し訳ないのですが」

「ん、なに?」

沓子は忘れないうちにと包装された平たい箱をレイモンドに差し出した。開けて良いかを尋ねられ、もちろんですと返す。

「……これは、ハンカチ？」

「先日お邪魔した際に汚してしまいましたので、その代わりです」

デパートへ行ったのはこれを買うのが主な目的だった。

トナーは一度布に付いてしまうと専用のクリーナーを使っても落ちにくい。しかもあの時、沓子の頬を拭ったハンカチは薄い水色をしていた。きっと二度と使えなくなっているだろう。

超お金持ちである彼に安物をプレゼントするのは大いに気が引けたが、お詫びの気持ちが大事！　と開き直り、吸水性が高く手触りの良いものを買い求めた。

沓子の説明にレイモンドふわりと口元を綻ばせる。

「そんな、気にしなくていいのに」

「いえいえ、そういう訳にはいきません」

「ありがとう。大事にするよ」

形の良い指先がハンカチをするりと撫でる。まるで感触を楽しむかのような仕草にドキリと心臓が跳ねた。

レイモンドが箱を仕舞ったタイミングでサラダがテーブルに置かれる。

沓子はついいつもの癖でいただきます、と軽く両手を合わせてしまい、はっと我に返って恥ずかしくなる。

上京するまで沓子は父方の祖父母と共に三世代同居をしていた。特に祖父が礼儀作法に厳しい人なので、未だにその習慣が抜けきらない。

「す、すみません……」

「どうして謝るの？　礼儀正しくていいと思うよ」

向かいに座る彼もまた手を軽く合わせてからフォークを手にした。気を使わせてしまって申し訳ないと思いつつ少しほっとする。

「そういえば、エルフィンストーンさんは、お母様は日本人だそうですね」

「うん。母が大学に入学してきた時に父が一目惚れしてね。そのまま結婚まで押し切ったと聞いている」

なるほど、どうやら彼の父親はなかなか情熱的な性格をしているらしい。

レイモンドから食事に誘われた件は森下にも念の為に伝えてあった。そこで失礼のないようにと必要最低限の情報を仕入れさせてもらったのだ。

彼はイギリスの事務弁護士《solicitor》資格の他に、アメリカのいくつかの州と日本の外国法事務弁護士の資格を持つ、世間的に言えば「国際弁護士」なのだそう。ちなみに沓子は「国際弁護士」という資格が実は存在しないという事実を初めて知った。

年齢は杏子より四つ年上の三十歳。イギリスのゴシップサイトを丸ごと機械翻訳して読んだ限りでは独身のようだ。

名門一家の出身、華々しい経歴と肩書だけでも凄いというのに、それに加えてあの見た目である。心の中で思わず「どこの乙女ゲームのキャラだよ」とツッコミを入れてしまった。いや、むしろ乙女ゲームのキャラだった場合は設定を盛り過ぎだと修正が入るかもしれない。

そして、イギリスで生まれ育ったはずの彼が日本語が堪能な理由。

それは育った環境にあったようだ。彼の家では母親の教育方針により、会話が日本語に限定されていたのだと教えてくれた。

「じゃあ、本も読めますか？」

「大抵はね。でも、さすがに六法全書は大変だったかな」

「それ……多分私は無理です」

彼の母親もまた複数の国の弁護士資格を持ち、事務所のトップである夫の補佐役として働いているそうだ。単身でイギリスに渡り、猛勉強の末に難しい資格を得るとは。そのパワフルさは杏子からは遠い世界の出来事に思えた。

次元が違うとはこういうことか、と感心しつつ届いたばかりのシーフードカレーに舌鼓を打つ。

やはり高級ホテルに店を構えているだけはある。カレーは程よくスパイシーで具は大きめ。帆立やオマール海老は別に焼いてから合わせているようで、中心部分が半生に仕上げられている。

沓子は忙しいとつい食事をおろそかにしてしまう。特に開発部へ異動してからというもの、適当なものばかり食べていたので、高級な食材から吸収した栄養が全身に染み渡って行くのを感じていた。

「とても美味しいです……」

「それは良かった」

一方のレイモンドは肉厚のハンバーガーを食べている。が、手に持ってかぶりつくのではなくナイフとフォークを巧みに操って実に上品な所作で食べ進めている。

本物のセレブは一挙手一投足まで美しい。しげしげと眺めながら沓子は密かに感心していた。

「今日はお忙しい中誘っていただきまして、本当にありがとうございました」

フランボワーズソースのかかったブランマンジェとコーヒーを前にして、沓子は改めてぺこりと頭を下げた。手にしていたコーヒーカップをソーサーに戻し、レイモンドが軽く身を乗り出してくる。

「こちらこそ、忙しいのに無理に誘って申し訳なかった」

「いえいえ、逆にここまでしていただいて恐縮です」

無理に誘った自覚はあったんですね、と沓子は心の中で呟いた。

正直、約束した直後は憂鬱で仕方なかった。だけど、デパートの散策は思いの外楽しかったし、久しぶりに美容院で髪を整えてもらったら気分が明るくなった。ただ部屋でだらだらと無為な時間を過ごすより元気になれた気がするのだ。

それに雲上人だと思っていたエリート弁護士氏は意外にも気さくな人物であまり緊張することなく会話も楽しめた。お陰でご馳走してもらったカレーの味はちゃんとわかったし、何より美味しかった。

これは深夜に頑張ったご褒美だ、と沓子はブランマンジェを口に運んでからにこりと笑った。

「実はあの日は来日したばかりでね。到着するなりトラブル続きで、だいぶナーバスになっていたんだ」

「あぁ……そういう日ってありますよね」

深夜の事務所にたった一人で彼が残っていたのは、立て続けに起こったトラブルを挽回する為だったのだろう。その上、複合機の故障という追い討ちを掛けられては機嫌が悪くなるのも無理はない。

「そこに君がやって来た。すぐに直してくれただけでなく仕事まで手伝ってくれた。……天使かと思ったよ」

「いやいやいや、それは褒め過ぎですっ！」

沓子は過ぎた称賛にぶんぶんと両手を振った。

五年以上サポートをやってきて、そんな風に言われたのは初めてだった。そもそもこんな地味顔の天使などいるはずがない。少し落ち着こうとコーヒーカップを手にすると、レイモンドが目を細めてこちらを見つめている。とんでもない美形に見られていると思うと手が震えてくる。ついでに顔が熱くなってきた。

「堀井さんにとっては当然のことだったかもしれない。でも、僕は君に救われた。だからどうしてもお礼がしたかったんだ」

「う……えっと、ありがとうございます」

だいぶ大袈裟な気もするが、そこはお国柄もあるのだろう。

沓子はただ機械が好きなだけで、特別な技術や高い知識がある訳ではない。

こんな自分でも誰かの役に立てた。

その事実が純粋に嬉しかった。

◇◆◇

「レイモンドさん、こっちです！」

沓子が階段の上から手を振ると、入場口をくぐり抜けたレイモンドが顔を上げた。

これだけ大勢の人がひしめき合っていても、長身かつキラキラしたオーラを纏っているから見つけやすくて便利である。但し、その代償として彼と共に注目を浴びる羽目になるのだが、そろそろ諦めの境地に達しつつある。

「遅くなってごめんね」

「大丈夫です。準決勝まであと十分ありますから」

仕事で遅れるという連絡を受けていたので先に席を確保しておいた。観客席へ向かいながら沓子がフォローを入れると、隣を歩くレイモンドがほっとしたように微笑んだ。

初めて食事をした日から早くも三ヶ月が過ぎ、彼と会うのもこれで八回目である。

あの時は絶品シーフードカレーと綺麗な顔を存分に堪能させてもらった。どうせこれっきりだろうと思っていたのに、その一週間後に再びスパムメールかと勘違いする送信者からメールが届いた。

そこには「台湾《たいわん》へ出張に行ったのでお土産を渡したい」と書かれていた。沓子は食事をした時、卒業旅行で行った台湾で、現地の店舗でしか販売していない烏龍茶がとても美味しかったという話をしたのを不意に思い出した。

まさか、あんな雑談を覚えているはずはないと思いつつ、わざわざ買ってきてくれたのに断るのも申し訳ないとＯＫの返事をした。するとまた休日に前回と同じレストランを指定された。

あの店がよほど気に入っているのかと思いきや、尋ねてみて驚いた。何と彼はその店が入っているホテルの一室に滞在していたのだ。長期出張といえばウィークリーマンションという想像しかできず、思わず沓子は「ホテルって住めるんですね……」という謎の感想を漏らしてしまった。

更に聞くと、ホテルによっては長期滞在用の部屋というものがあるらしい。

よく考えてみれば、セレブである彼が壁が途轍もなく薄いという噂のウィークリーマンションなど借りるはずがない。多忙な身だろうからホテル住まいは合理的な選択だと思えた。

シーフードカレー再び、も考えたのだが、今回はオムライスにした。そして本来の目的であるお土産を受け取ったのだが、それはまさかの台湾限定の烏龍茶。何気ない話題だったのに覚えていてくれたことに驚きつつも、好物との再会に心が躍った。

そしてまた他愛のない会話をしていたのだが、沓子の母校である高等専門学校がロボットコンテスト――通称「高専ロボコン」の地区大会を勝ち抜き、来月の全国大会に出場するという話をすると、レイモンドが是非観に行きたいと言い始めたのだ。

自分が好きなものに興味を持ってくれるのは嬉しい。沓子は早速観戦チケットを手配し、この日を楽しみにしていた。

準決勝の準備が慌ただしく進められているフロアを見下ろし、レイモンドが「すごい」と呟いた。

「あんな立派なロボットを学生が作るのか……」

「そうですよ。設計を含めると、ほぼ一年がかりで組み上げます」

ある意味、沓子の青春はこのコンテストに捧げたと言っても過言ではない。

毎年変わる課題をクリアすべく作戦を話し合い、それに合わせたロボットを組み上げる。意見が対立して大喧嘩したり、想定通りの動きにならないのが悔しくて大声で泣いたりもした。

ロボコン部（という名称だった）の皆で力を合わせ、ようやく完成した時の感動は未だに覚えている。

しかし、どんなに高性能なロボットを作り上げても、それだけではロボコンで勝てない。そこからは様々なパターンを想定して操作するという、全く別の試練が待っているのだ。

「沓子は大会に出場したことはあるの？」

「いえいえ、私は裏方でした」

ロボットは部活のメンバー全員で作るが、操作とサポートで大会に出場できるのは多くて五人。しかもその大半は、ゲーム好きでコントローラーの操作に慣れている部員ばかりだったと説明する。

「それに、私は結構あがり症なんですよ。だから万が一選ばれていたとしても、絶対に断っていたと思います」

「へぇ、なんか意外だね」

試合の開始が宣言され、ひときわ大きな歓声が上がる。周囲の騒がしさに紛れないように会話するのについ距離が近くなっていたことに気付き、沓子は慌てて寄せていた身を起こした。

前回食事をした際、沓子が「エルフィンストーンさん」と呼んだ際にうっかり噛んでしまい、ファーストネームで呼んで欲しいと頼まれた。

呼びかけに必要な文字数が九から五に減っただけでなく、発音的にも楽になったのは実に喜ばしい。だから沓子も同じタイミングで、自分も同じように呼んでくれとお願いしたのだ。

彼の日本語はほぼ完璧だが、やはりイントネーションに少しだけ違和感を覚える部分があった。沓子の名字は少し発音しづらいらしく、「ホリーさん」と別人のように聞こえてしまう。おあいこという意味もあるし、いっそ下の名前を呼んでもらった方が彼も楽だろうという判断だった。

とはいえ、さすがに大事なお客様かつ年上の彼を呼び捨てにできるほど沓子の心臓は強くない。結局は「レイモンドさん」「沓子」と呼び合うことで今のところ落ち着いている。

初めて会った時は、まさか一緒にロボコンの大会を観戦する日が来るとは思ってもみなかった。ましてや、個人的な連絡先を交換し――ファーストネームで呼び合うようになるとは。

人生とは何が起こるのかわからないな、とひとりごちている間に試合が始まり、そんな感慨はあっという間に霧散してしまった。

「はー……今回も力作揃いでした」

会場を後にし、外のベンチに座った沓子が呟いた。興奮しすぎた頭を冷やす為の休憩だというのに、ついつい先ほどの激戦の様子が蘇ってくる。

沓子の母校は惜しくも準決勝で敗れてしまった。しかし技術賞を獲得したので上々の結果だといえる。

終わってから少しだけ顔を出してはみたものの、後輩や顧問である恩師も沓子の連れに興味津々で会話らしい会話が出来なかった。

これは地元で噂になるなぁ……と遅ればせながら気付いたものの既に手遅れだろう。母校の教員をやっている元同級生からは、近いうちに執拗な事情聴取が来るに違いない。己の軽率な行動を反省しつつも意識はまだロボットの方に向いていた。

今回の課題はバスケットボールに似ていた。それぞれの陣地にゴールがあり、決められた色のボールを敵陣のゴールへ入れた数を競うというものだった。

ロボコンのルールは非常にシンプルで、基本的に相手のロボットを破壊しなければほぼ何でも有りなのだ。現に優勝チームは自陣のゴールをネットで塞ぎ、その一方で長く伸びるアームを駆使して相手ゴールへシュートを決めていた。

「優勝校のアームってどうやって作ったのかなぁ……。あれだけ揺れを抑えられるって事はジャイロセンサーが入っているんだろうけど」

試合の様子は早くも動画サイトで公開されている。杳子がぶつぶつと独り言を言いながらスマホで決勝の様子を見つめていると、手元にふっと影が差した。

「どのアームのこと？」

「えっと……あぁ、ここです。旋回速度が結構速いのにボールが落ちないんですよ」

ついつい説明に熱が入ったせいで頬に髪が落ちてくる。それが視界を遮ったのか、レイモンドがするりと髪を耳に掛けてくれた。耳の後ろを撫でられる感触に思わずびくりと肩を揺らす。しかし当のレイモンドは一切気にした様子もなく、杳子のスマホに視線を落としたままだった。

「本当だ。全然揺れていない」

「そ、そうですよね。この場合、ボールの受け口を深くすると運搬の時は楽ですけど、ゴールへ入れる時にタイムロスが発生します。だから、その高さを調整するのがとても難しいんです」

動揺を悟られたくないあまり、ついつい余計な説明までしてしまった。

日本語が堪能なので忘れがちになるが、彼はイギリスで生まれ育った生粋のイギリス人なのだ。杳子は彼の紳士的な振る舞いや近すぎる距離に未だに慣れないでいる。

ドアを開けて先に通してくれたり、椅子を引いて座らせてくれたりするのは、彼にしてみれば呼吸と同じくらい自然な行動なのだろう。沓子はそんな風に男性から扱われた経験が皆無なのでその度に動揺してしまう。

とはいえ、人混みではぐれないよう手を繋がれたり、人とぶつかりそうになった時に肩を引き寄せられたりするのは、さすがにやりすぎだと思わなくもないのだが。

まるで恋人のように扱われる度、心臓がうるさく騒ぎ立てた。

しかし、彼は超セレブかつイケメン弁護士。どんなに気さくでジェントルな人物であってもそれを忘れてはいけない。

きっとレイモンドは性別や立場を気にせず、楽な気持ちで過ごせる相手が欲しかったのだろう。

そこにたまたま沓子が引っかかってしまっただけで、じきに飽きられるに違いない。

勘違いするな、と言い聞かせながら沓子は手元の映像に集中した。

大会の会場を後にした二人は、レイモンドが契約しているというハイヤーに乗って都内の中心部へと戻ってきた。

元々は昼食を一緒に食べてから大会へ行く予定だったのだが、仕事の都合で食事はキャンセルになった。なのでこのまま解散するつもりだったのに、レイモンドが代わりに夕食を、と誘ってくれたのだ。

連れて行かれたのは一軒家のレストランだった。

白亜の邸宅のような外観に杳子は怖気づいてしまう。

確かに今日はシャツワンピースにブーティという装いなのでドレスコードとしては問題ないだろう。しかし如何せんお値段が見合わない。

素直に白状したというのに、レイモンドからそのままで問題ないと言い切られ、半ば強引に連れ込まれてしまった。

店内は想像よりもこぢんまりとしており、席のほとんどが半個室のような形状をしている。これなら大丈夫そうだと安堵した矢先、渡されたメニューに金額の記載が見つからないことに気付く。

こういったものを用意しているレストランはそれなりに格式高い店のはず。杳子は早々に白旗を上げてメニュー選びをレイモンドにお任せしてしまった。

「そうだ。これ、先週香港に行ってきたんだ」

「あ……いつもすみません」

こうやってお土産を受け取るのは何回目だろうか。連絡先を交換して以降、少なくとも一日に一回はメッセージのやり取りがあり、気がつけば二週間に一度は顔を合わせるようになっていた。

前回はただ食事をするだけでなく、レイモンドが日本に来たら行ってみたいと思っていたという美術館に付き合った。こんな機会でもなければ一生行かなかったであろう場所だったが意外にも楽しかった。

次の約束をする度、どうして自分を誘ってくれるのかを訊いてみようと決意する。が、実際に顔を合わせるとなぜかそれができない。理由を尋ねたら意識していると気付かれてしまうだろう。面倒だと思われて連絡を断たれるのが怖かった。

レイモンドは博学で話を聞いているだけでも楽しい。それに、沓子の話も熱心に聞き入ってくれるだけでなく、的確な質問やコメントを寄越してくれる。それが嬉しくて、ついつい時間を忘れて語ってしまうのだ。

二週間ぶりに会ったレイモンドは少し疲れた顔をしていた。もしかして無理をさせてしまったのではないか。そんな心配が頭をよぎり、今日は早めに切り上げようと密かに決意をする。

テーブルの上を滑らせるように差し出されたのは細長い箱だった。少し厚みがありリボンが掛かっているから小菓子の類だろうか。開けていいかと尋ねればもちろんと返され、手に取ると想像していたよりもずっと重みがあった。

薔薇の飾りを外し、真っ赤なリボンをほどいてから純白の箱を慎重に開ける。すると中から淡いグレーのケースが姿を現した。箱の形状から食べ物の可能性は除外される。

戸惑いの眼差しをレイモンドに向けるが、彼はただ無言で微笑んでいるだけ。中身は自分の目で確かめろと言わんばかりの仕草に観念し、杳子はグレーのケースを取り出した。片方の長辺に蝶番が付いている。恐る恐る開けた杳子は小さく息を飲んだ。

「あの……これ、は」

「綺麗でしょ？　ひと目見て杳子に似合うと思ったんだ」

それは、三日月をモチーフにしたネックレスだった。繊細な金の鎖の先に細い三日月がぶら下がっており、アーチの部分に乗っている透明な石は――ダイヤモンドだろうか。

確かに杳子の好みど真ん中のデザインではある。

だけど……。

静かに箱を閉じ、外箱に仕舞う。リボンは申し訳ないがかけ直す余裕がない。箱をテーブルに戻すとレイモンドが怪訝な表情を浮かべた。

「気に入らなかった？」

「いいえ、とても素敵だと思います。ですが、これはいただけません」

箱を押し戻そうとすると、大きな手が重なってそれを制した。

「いいから受け取って。僕は沓子に似合うと思ったから買ってきたんだ」

「こんな高価なものをいただくのは逆に申し訳ないです。それに……」

「それに？」

箱に乗せた手に力を入れ、少しでもレイモンドの方に戻そうとする。しかし上からやんわりと押し止められた。そこから伝わってくる熱に段々と顔が火照ってくる。横を通るウエイトレスがちらちらと様子を窺ってくるのが居たたまれない。これじゃあまるでバカップルみたいじゃないか。

「それに、その……」

「うん？」

沓子は俯き、言葉を濁した。

こんな事を言ったら自意識過剰だと笑われるかもしれない。だけど、今後の為にも言っておいた方が良いだろう。意を決して顔を上げた先ではレイモンドがじっとこちらを見つめている。その熱っぽい眼差しに決意がぐらついてきそうになって慌てて口を開く。

「その、男性からアクセサリーを受け取るというのは、特別な関係じゃない限りは不自然だと、私は思っています」

その辺りの認識は万国共通のような気がするが、もしかしたらレイモンドには当てはまらないのかもしれない。もしそうだとしたら、無用なトラブルを避ける意味でも知っておいて欲しかった。

余計なことを言って気分を害してしまったかもしれない。乗せた手がじわりと汗ばむのを感じ、外箱が歪んでしまわないかと心配になる。

「君の言う『特別な関係』というのは、恋人という意味で合っている?」

静かな問い掛けにびくりと肩が跳ねる。よかった、どうやら怒ってはいないようだ。

「そうです。あとは夫婦とか……あ、親戚は別ですけれど」

沓子が持っている真珠のネックレスも、確か叔父夫婦の伊勢志摩《いせしま》旅行のお土産兼成人祝いだったはず。あの頃はこんな地味なものを……と思っていたが意外にも重宝している。

レイモンドは沓子の返答を聞くなり、何故か嬉しそうに唇を綻ばせた。

「じゃあ、僕の恋人になって」

「…………は?」

あまりにも予想外の返答に思わず沓子は気の抜けた声を漏らした。

「ダメ?」

ヘーゼルの瞳に懇願を乗せ、レイモンドが問いかけてくる。髪をサラリと揺らして小首を傾げる仕草に心臓が跳ね上がった。

「いやっ、その……えっ、私、ですかっ⁉」

「そうだよ。今、僕の前にいるのは沓子だからね」

動揺で声が裏返ったが言い直す余裕がない。上に重ねられていただけの手がするりと動き、指を絡めるようにして繋げられる。

「前にも言ったよ。沓子は僕にとって天使なんだ。遅い時間だったのに頑張って修理をしてくれて、お礼を言ったら君はなんと答えたか覚えている？」

「え、えーっと……」

あの時はとにかく無事に修理が終わって浮かれていた。勢いに任せて色々と喋りまくった気がするが、その直後に例の衝撃的な出来事が起こったせいでほとんど記憶に残っていない。

「『ハリオスを嫌いになられたら悲しいので』って、すごく嬉しそうに笑っていた」

「あぁ……そんなこともありましたね」

ハリオスは業界では五位とさほど大手ではない。それでも沓子はハリオスの製品に憧れて入社した。細部までこだわり抜いた設計思想がとても好きで、いつかは自分も製品づくりに携わりたいと頑張ってきた。

自社製品への愛が強すぎるあまり、周りからは「お前は機械と結婚するつもりか」とよく笑われている。

杳子は文句を言いつつも内心ではそれもいいかな、とずっと思っていたのだが。

「この子はとても誠実に仕事をしてるんだなって感動したよ。本当はもっと話をしていたかった」

繋がれた手がゆっくりと動き、指の側面を思わせぶりになぞられる。ろくに手入れもしていない、ただ爪を短く切り揃えただけの指先まで撫でられ、背中にぞくりとしたものが這い上がった。

「だけどあの時は本当に時間が無くてね。せめて連絡先だけでも交換したかったのに、杳子はなかなか名刺を受け取ってくれなかったね」

「う、す……すみません」

あれはそういう意味だったのか、と今頃になって気付くあたりが情けない。普通だったらイケメンとお近づきになるチャンス！　と思うべきだったのだろう。しかし、故障した自社製品を前にした杳子にはそんな思考が微塵も存在しなかった。

「今までも、結構頑張って好意を伝えていたつもりなんだけどな」

「え、そうだったんですか……？」

「本当に気付いていなかったの？　あまり反応が良くないから、僕に興味が無いのかと思って、ずっと告白できずにいたんだ」

強く握られたのは手だけのはずなのに、心臓がきゅっと締め付けられる。

まっすぐ向けられた真剣な眼差しが受け止められず、沓子は視線をうろうろと彷徨わせた。

「いえ、あの、私とレイモンドさんでは、住む世界があまりにも違い過ぎて……そういう対象として見られていないと思っていました」

沓子はハキハキとした物言いが売りのはずなのに、なぜか歯切れの悪い喋り方になってしまう。

しどろもどろな言い訳に、目の前にある美貌が訝しげな表情を浮かべた。

「住んでいる世界は同じだと思うけど？」

しまった、前に本人から慣用句が苦手だと言われていたではないか。沓子は慌てて脳内で和英辞書を引いた。

「あー、えーっと、ワールドではなくてクラス、という意味です」

「それはつまり、僕では沓子に相応しくないという事？」

「逆です逆っ!!」

まさかの発言に四方八方から視線が突き刺さる。

背中を冷や汗が流れ落ちていくのを感じながら、沓子はぶんぶんと頭を振って否定した。

「本来ならレイモンドさんは、私がお話しさせていただくのもおこがましい方なんです。だからその、意識しない方が良いと思っていて……」

少々過保護な気もしないでもないが、レイモンドは気配り上手だしとにかく優しい。彼のパートナーはきっと大事にしてもらえるんだろうな、とはぼんやり考えていたが、まさか自分にその役割が回ってくるとは想像だにしていなかった。

どう考えてもその認識が一般的なはずなのに、当のレイモンドはあまりピンと来ていないようだった。

「そういう部分を抜きにして、僕のことは好き？　それとも嫌い？」

「それはもちろん……」

「男として、という意味でね」

「うぐっ」

素早く「人として好きです」という逃げ道を塞ぎ、レイモンドはにっこりと微笑む。

さすがは敏腕弁護士、こういった駆け引きには慣れているのだろう。沓子は空いている左手でグラスを持ち、カラカラに乾いた唇を湿らせた。

「レイモンドさんは、男性としてもとても魅力的だと思います。ただ、その、さっきも言いました通り、恋愛の対象としてはあまり考えたことが無くて……」

イギリス法曹界のサラブレッド、かつ道行く人が振り返るほどの美形だというのに、レイモンド・エルフィンストーンには気取ったところがない。自分の地位を鼻にかけたり、知識をひけらかすような真似はせず、庶民である杳子を対等に扱ってくれた。そういう意味では本当に身分というものを気にしていないのだろう。

それに、杳子はハリオスの社員で、彼は重要顧客でもある。ただ気まぐれに遊びたいだけなのであれば、契約を盾に迫ることだってできたはず。

それをしなかったということは——。

「だったら、今すぐ対象に入れて欲しいな」

「今すぐですか!?」

「うん。だって僕は、杳子が好きだから」

……好き？　私を？

あまりにもストレートな公開告白に杳子は硬直する。言葉を返そうにも頭が真っ白で何も思いつかない。

「ねぇ……沓子はこうやって僕と手を繋ぐのは嫌？」

箱から手が離れ、手のひら同士がぴたりとくっつけられた。沓子よりひと回り大きくて、伝わってくる熱が少しだけ高く感じる。

「嫌じゃ……ないです」

「よかった」

嬉しくて堪らない、と言わんばかりの微笑みに心臓がうるさく騒ぎ立てた。徐々に顔が火照ってくるのを感じて、つい下を向いてしまう。

「お願い。恋人の席が空いているなら、まずは僕に座らせて？」

「ま、まずは、で、いいんですか？」

「うん。でも……誰にも譲るつもりはないけどね」

ちらりと見上げれば、ヘーゼル色の瞳に挑戦的な光が宿っている。

まるで肉食獣にロックオンされた獲物のような気分になり、反射的に引きかけた手はすかさず引き止められた。

「それで、このネックレスを受け取ってくれるね？」

とろりとした囁きはさっき口にしたフォンダンショコラより甘い。

沓子は真っ赤な顔で俯いたまま、黙ってこくりと頷いた。

「あの、わざわざありがとうございました」

シートベルトを外し、杳子は隣に向かってぺこりと頭を下げた。

当初の予定では、仕事で疲れているだろうと早めに切り上げるつもりだった。なのにレイモンドは「家まで送る」と言いだしたのだ。

今までも申し出を受けたことはあったが、そこまでしてもらう訳にはいかないと固辞してきた。しかし今日からは恋人なのだから当然だと押し切られてしまった。

レイモンドは同乗させてもらったハイヤーとは別に、個人で長期レンタルしている車があるそうだ。今度はそれに乗ってドライブに行こうと言われ、まるでデートみたいだなぁと思ってしまう。いや、完全にデートだよ、とすかさず自分にツッコミを入れたのは内緒だ。

「どの部屋に住んでいるの？」

「あ、四〇八号室です」

「ＯＫ」

レイモンドはスマホを取り出して何やら操作している。地図アプリが表示されているので住所登録でもしているのだろう。ちなみにハイヤーのカーナビには出発前にしっかり登録済みである。

「来週は会える？」

「えっと……大丈夫だと思います」

「平日でも構わないから、仕事が早く終わりそうな日は連絡して欲しい」

「……はい」

身を乗り出し、至近距離で話をされるのはどうにも落ち着かない。

「杳子」

甘い囁きと共にするりと首筋を撫でられた。

そこには、レイモンドに乞われて着けたネックレスが静かな光を湛えている。

指先で金の三日月を弄ぶ眼差しは陶然とした色を帯びていた。

「うん……とても似合っているよ」

「ありがとう、ございます」

こんな風に褒められたことがないからどう返していいかわからない。膝に乗せた鞄をぎゅっと握りしめていると、左の頬に柔らかなものが押し当てられた。

「本当に……可愛い」

微かな破擦音が耳朶を揺らした瞬間、杳子ははっと顔を上げた。

「そういえばっ！　あの、初めて会った時、エレベーターで……」

「うん、ここにキスしたよ」

それがなにか？　と言わんばかりの表情でレイモンドがさらりと答えた。

やっぱりあれは勘違いじゃなかった！

どうしてあんなことをしたのかと問い詰めると、美麗な顔が悪戯っ子のような微笑みを浮かべた。

「杳子が可愛かったから我慢できなくなって、思わずね」

「思わず……って」

「この子は頬を汚してまで頑張ってくれたんだ、って思ったらキスしたくなったんだよ。本当ならもっと沢山したかったし、そのまま連れて帰りたかった」

「さすがに怖いですっ!!」

まさかあの時、誘拐されかかっていたとは。

軽く引いた杳子の前でレイモンドは冗談だよ、と微笑んでいるが目だけは真剣そのものだった。

「あの時の私って、だいぶ酷い格好だったと思うんですが」

「そう？　とても可愛かったけど」

もしかしてレイモンドは物凄く目が悪いのではないだろうか。そんな疑いを抱いてしまいそうな返答だが、あまりにもストレートな褒め言葉が恥ずかしくて仕方がない。一方的に照れているのが悔しくて、じとっと恨めしげな眼差しで隣を見上げた。

「うん、そういう顔も可愛い」

嬉しそうに囁かれ、全く効き目がないのだと瞬時に悟る。見事な返り討ちに遭い、更に熱くなった頰をレイモンドの両手がそっと包み込んだ。

「ずっと……こうしたかった」

囁きと共に額へとキスが降ってくる。咄嗟に閉じた瞼にもそれぞれに一つずつ。そして鼻先にもちょんと触れてから今度は両方の頰にキスされた。きっちり左右対称に触れてくるあたり、彼の几帳面な性格を物語っている。

恥ずかしくて、くすぐったくて、でも心地のいい触れ合いに沓子は思わず小さな吐息を零す。

そして最後に――唇へと同じものが重ねられた。

表面を軽く触れ合わせているだけ。なのに、なかなか離れてはくれない。

そろそろ窒息する、という寸前でようやく解放されたかと思いきや、もう一度ちゅっと音を立ててキスされた。

「はぁ……本当に可愛い」

堪えきれない、と言わんばかりの呟きに、杳子はただひたすら顔を真っ赤にして俯いていた。

◇◆◇

大急ぎで仕事を終わらせ、杳子は人混みを縫うように通りを駆け抜けていた。といってもその速度は小走り程度にしかならず、気ばかりが焦ってしまう。

新製品の設計も大詰めを迎え、残業と休日出勤の嵐の真っ最中。それでも今日は何とか早めに切り上げ、待ち合わせ場所へと大急ぎで向かっていた。

五分遅れで到着した杳子は、見るからに高そうな店の前に佇む人物を認めて駆け寄った。中ではなく入口で待っていてくれるあたりが実にレイモンドらしい。道行く人から向けられる視線を一切気にした素振りはなく、杳子に気付くなりにっこりと微笑んだ。

「すみませんっ……遅く、なりました」

「杳子、お疲れ様」

大丈夫？　と顔を覗き込まれ、落ち着きつつあった鼓動がまた乱れ始める。いくら恋人になったとはいえ、未だにこの甘く整った顔に慣れる気がしなかった。

「大丈夫です……」

「よかった」

レイモンドはポケットから出したハンカチで額に浮かんだ汗を拭ってくれる。自然な仕草で腰に腕を回され、開かれたドアへと導かれた。

恋人になって二ヶ月が過ぎ、ようやく以前より密着度合いが高くなったエスコートにも慣れつつある。

「いらっしゃいませ。堀井様、お待ちしておりました」

「あの、どうぞよろしくお願いします……」

今夜はレイモンドの知人であるピアニストのリサイタルに行くことになっている。とある国際コンクールで受賞した記念にと招待券が送られてきたそうだ。杏子はクラシック音楽に詳しくないので当初は遠慮したが、せっかくだから友人の演奏を一緒に聴いて欲しいと説得された。

クラシックともなるとさすがに盛装する必要がある。いよいよ結婚式用のワンピースを引っ張り出すしかない、と杏子は覚悟を決めた。しかしレイモンドからある提案をされ、この店で待ち合わせをしたのだ。

「苦手なお色などはございますか？」

「えぇと、彩度《さいど》が高いものはあまり得意じゃなくて」

「彩度……でございますか」

「あっ、派手な色は苦手です」

慌てて言い直すと衣裳担当の女性は「かしこまりました」と上品に微笑んでからその場を後にした。

沓子が連れてこられたのは、イギリスに本店があるという高級ブティックだった。

ここでは買った服に着替えさせてもらえるだけでなく、髪や化粧もあわせて頼めるのだそう。自分が誘ったのだから、装いは任せて欲しいとレイモンドから言われた。

さすがプロだけあり、見事なメイク術で滲んでいた疲労の色は綺麗に隠されている。髪も毛先を巻かれ、あれよあれよという間に複雑な編み込みがされたハーフアップが出来上がった。

「お待たせしました」

次々に出される指示へ緊張しながら従っているうちに準備が整えられた。ソファーに座ったレイモンドは読んでいた雑誌から顔を上げ、夜会仕様になった沓子の姿をじっと見つめている。

正直、服を選ぶ時は値段が気になって仕方なかった。出来るだけレイモンドに負担を掛けたくないと、さり気なく値札を探してみたものの勿論付いているはずがない。当然ながら「一番安いのはどれですか」などと訊く勇気は出てこなかった。

結局は開き直るしかなく、杳子は深い藍色をしたワンピースを選んだ。

胸元はドレープの入ったカシュクールになっていて、肘まである袖はゆったりとしたパフスリーブ。足りない箇所と足りすぎる箇所の両方をカバーしてくれる素晴らしいデザインなのだ。色味は落ち着いているものの少しラメが入っていて、動く度に上品な煌めきを見せてくれる部分が気に入った。

「可愛い。とても似合ってるよ」

レイモンドは立ち上がってゆっくりとこちらへ歩いてくる。笑顔のあまりの眩しさに目を逸らすと、杳子の視線がスーツの胸元に吸い寄せられた。

「あ、れ……?」

レイモンドのネクタイとポケットチーフが、杳子のワンピースと同じ生地のものに変わっている。

「うん。とても良い色だし、つい買ってしまったよ」

お揃い度合いは控えめだが、きっと並んで歩いていたら気付かれるだろう。まさか、この歳になって人生初のペアルックを体験することになるとは。

スタッフから口々にお似合いです、と言われ、恐縮した杳子は感謝の言葉をひたすら繰り返して店を後にした。

会場近くのビストロで軽く食事をしたので、お腹が鳴る心配はなさそうだ。きらびやかな観客の衣裳に怖気づきつつ、レイモンドに導かれるまま歩みを進める。そんな二人にじろじろと無遠慮な視線が投げかけられた。

レイモンドはどこに行っても、どんなに地味な装いをしていても目立つ存在だ。それは見目が良いというだけではなく、彼の纏う雰囲気が周囲の目を惹き付けて止まない。それは隣を歩く杳子にも向けられるが、その色は全く違うものだった。

レイモンドには羨望が、そして杳子へは嫉妬と侮蔑が。

多少の被害妄想が含まれているとはいえ、あながち間違いではないはず。ふと階段横に立つモデルのような容姿の美女と目が合った。たっぷりと嘲りを含んだ眼差しをまともに受け止めてしまい、杳子は思わずきゅっと唇を噛みしめる。

やっぱり、来るんじゃなかったな……。

ワンピースに合わせて選んでもらったパーティーバッグを持つ手に力が籠もる。クリーム色のパンプスに視線を落とすと、腰に回された腕に引き寄せられた。

「沓子」

「っ、はい！」

不意に名を呼ばれて顔を上げた瞬間、身を屈めたレイモンドが額にキスしてくる。一瞬呆気に取られた沓子だが、事態を把握した瞬間ぶわっと顔に熱が集まってきた。

こんな公衆の面前で！　しかも注目の的になっているっていうのに!!

あまりの恥ずかしさに言葉が出てこない。そんな沓子へ甘い笑みを向けたレイモンドが耳元に唇を寄せてきた。

「な、な……」

「ごめんね。沓子が可愛すぎて思わず、ね」

この人は「思わず」が多すぎませんか!?　周囲から向けられる視線が生温かいものへと変わったのは絶対に気のせいじゃない。

視界の端では件の美女がくるりと背を向け、肩を怒らせたままその場を去って行った。

初めての場所に緊張していた沓子だが、リサイタルが始まるとすぐさま演奏に夢中になった。事前にCDを買い、動画サイトで予習していたのが功を奏したようだ。

あ、これ動画で観たコンクールの課題曲！　とわくわくしつつ、身を乗り出すのはマナー違反だと思い出した。意識的に背もたれへよりかかりながら、会場を満たす旋律に耳を傾けた。

ゆったりとしたテンポの曲から始まり、徐々に華やかなもの、そして再び静かな曲へと変わっていく。その頃の沓子は急激に襲いかかってきた睡魔と戦っていた。

連日の激務による疲労と睡眠不足、それに加えて適度な満腹感と薄暗い空間。まるで寝て下さいと言わんばかりの状況だったが、さすがにそれは失礼だと必死で抗っていた。

——と、右腕を優しく引かれた。隣に座るレイモンドにそっと耳打ちされる。

「いいよ、このまま目をつぶっていて」

「ん………」

背もたれとの隙間に腕が差し込まれ、肩へ頭を預ける体勢へと促される。いよいよ限界を迎えていた沓子は素直に従った。

静かなピアノの調べに誘われて、ゆっくり眠りへと落ちていった。


割れんばかりの拍手で沓子は目を覚ました。びくっ！　と跳ねそうになった肩はレイモンドに素早く制されたので不審人物にならずに済んだらしい。

慌てて拍手をしながら隣に預けていた身を起こす。左肩を包んでいた温もりが離れていったのを少しだけ寂しく思う。

周囲に倣い、ピアニストにスタンディングオベーションを贈り、それに応えたアンコール曲だけは姿勢を正して真剣に聴かせてもらった。

「せっかく誘っていただいたのに、寝てしまってごめんなさい……」

会場を後にして車に乗り込むと沓子はすぐに謝った。ハイヤーの後部座席で身を縮こまらせていると、隣から伸びてきた手に優しく抱き寄せられる。

「疲れていたんだから仕方ないよ。むしろ、忙しいのに無理をさせてしまったね」

「いえ……それを承知の上で行くと言ったのは私ですから」

リサイタルのチケットは世界中どこでも入手困難だとネットには書かれていた。そんなプラチナチケットを入手してくれただけでなく、衣裳一式まで用意してもらったのに。

沓子がもう一度ごめんなさいと呟いた唇はやんわりと塞がれた。

啄むように何度もキスをされ、恥ずかしさとくすぐったさに思わず身を捩る。しかし腰に回された手がそれを許してくれない。

「レイ……モ、ンっ」

専属だという運転手には散々こんな姿を見られているが、やはり恥ずかしいものは恥ずかしい。人前では止めて、と何度も頼んでいるのにいつも「思わず」の一言でスルーされていた。

たっぷりとキスを堪能したレイモンドは上機嫌だが、一方の沓子は息も絶え絶え。くたりとシートに身体を預けた。

「確か、明日は休みだと言っていたよね」

「あ……は、い」

沓子にとって十日ぶりの休日である。とはいえ、その翌日はまた仕事なのだが。

今日は早く帰って身体を休ませなくては。車の心地よい揺れが再び沓子を眠りへと誘っていく。

「着いたら起こしてあげるから、それまで眠って」

「ありがと……ございます」

肩にブランケットを掛けられ、沓子はまた隣に身を預けてから目を閉じた。


ここは――どこだろう。

手を引かれながら、沓子はぼんやりと歩いていた。広い空間の中心にある奇妙なオブジェには見覚えがある。確か「虚無への飛翔」というタイトルが付けられていたはず。

だが、何度見てもあの形状で飛行はまず不可能だろう。あと虚無って場所は物理的に存在するのだろうかという感想しか出てこなかった。

「もう少しだよ」

「ん……」

上昇している感覚があるから、この箱はエレベーターだろうか。アパートのってこんなに広かったっけ、と半分眠っている頭の片隅に疑問が浮かぶ。それに、オートロックのはずなのになぜレイモンドが一緒なんだろう。

扉が開くとシックな色合いの廊下が目の前に広がっている。カウンターに立つ人物に頭を下げられたので、反射的に会釈を返した。

ここにきてようやく目が覚めてきた沓子は、戸惑いながらも手を引かれるまま後をついていった。

「はい、どうぞ」

「お邪魔します……」

重厚な扉の先にあったのは、広々とした部屋。シンプルな造りながら、置かれている調度品はひと目で高級品だとわかる。

「あの、ここって……レイモンドさんのお部屋、ですよね?」

カウンターに置いてあるブリーフケースに見覚えがある。沓子の手からパーティーバッグを取り上げながらレイモンドが苦笑いを浮かべた。

「そうだよ。家まで送ろうかとも思ったんだけど、その調子だと玄関で寝てしまうんじゃないかと心配でね」

「あー……そう、ですね」

実は三回ほどやったことがあります、とはさすがに言えず、杳子は曖昧な笑いを浮かべた。確かに今日の疲労具合だと記録を更新しかねない。

正面に立ったレイモンドがイヤリングを外してくれる。大人しくされるがままになっていると、今度は後ろに回って髪を留めているピン類を手早く抜き始めた。

「杳子がいつ来てもいいように、ここにはある程度のものが揃えてある。だから、シャワーを浴びたらすぐに休むといい」

「えっ、と……ありがとう、ございます」

いつ来てもいいように、だなんてまるで恋人みたい。……そういえば恋人だった。どうやら疲れすぎていて少々思考がおかしくなっているようだ。

編み込みを優しい手付きで解され、背中を押して部屋の奥へと導かれる。ドアを開けて通されたのは大きな鏡のある空間だった。

「一人で浴びられる？」

「大丈夫……です」

洗面台の脇にある棚から真っ白なタオルを手渡される。わぁ、ふわふわだーと手触りを堪能していると、レイモンドがすっと身を屈めた。

「僕が洗ってあげようか?」

「いえっ! 一人で平気です」

「それは残念」

くすっと甘い笑みを零してからレイモンドが脱衣所を出ていこうとする。と、思いきや何かを思い出したかのようにくるりと振り返った。

「あぁ、これだけはやってあげないとね」

「え?」

ワンピースを脱ぐには後ろのファスナーを下ろす必要がある。首の後ろに伸びた指がその上にある小さなホックを外した。着る時は店の人が手伝ってくれたので忘れていたが、確かにこれは自力では厳しいだろう。

ジジジ……と肌に直接振動が伝わってくる。肩甲骨の辺りまでファスナーを引き下ろされ、沓子はにわかに焦ったがそこでレイモンドの指が離れていった。

「それじゃ、ごゆっくり」

頭のてっぺんにキスを落として去っていくその顔には、艶めいた笑みが浮かんでいた。

脱衣所に取り残された杳子は小さく息を吐き出す。それからのろのろと残りのファスナーを下ろしてワンピースを脱いだ。ガーターベルトからストッキングを外して素足になり、残りの下着も次々と脱ぎ捨てる。

広々とした浴槽にはたっぷりの湯が張られているが、今入ったら確実にそのまま眠ってしまうだろう。そして下手をすれば溺れるという未来が待っている。未練たっぷりに横目で眺めつつ、杳子は手早くシャワーを浴びる。棚にはちゃんとクレンジングも置かれていたので遠慮なく使わせてもらった。

ふわふわタオルで身体を拭い、髪をまとめてから脱衣所へと戻る。そこからはワンピース一式が姿を消し、代わりにロングシャツのような寝間着が置かれていた。どうやらこれを着ろという事のようだ。

洗面台に並んだボトルから化粧水を探す。お洒落なフォントで、しかも英語で書かれているので少々手こずったが、何とか目的を果たした。

これまた用意されていたスリッパを履いてリビングへと戻った。

「おかえり」

「お風呂、ありがとうございました」

膝に乗せていたノートパソコンをぱたりと閉じ、レイモンドが立ち上がる。どうやら仕事をしていたようだ。壁掛け時計に思わず目を遣れば、時刻は二十三時を少し回ったばかり。まだ終電には間に合いそうだ。

「あの、急に押しかけたりしてお邪魔ではなかったですか？」

今の沓子ほどではないにせよ、彼だって多忙な身なのだ。段々と申し訳ない気持ちが膨らんできて思わず尋ねてしまう。ジャケットを脱いだだけの彼は手を伸ばすと、沓子の頭を包んでいるタオルを外した。

「まさか。沓子ならいつでも大歓迎だよ」

「それなら良いのですが、もしお邪魔なら……ひゃっ」

そのままわしわしと髪を拭われ、沓子は思わず小さな悲鳴をあげた。

「むしろ、やっと来てくれて嬉しい」

「……え？」

タオルが耳に擦れてよく聞こえなかった。それに答えはなく、やんわり肩を摑まれた沓子はなぜかソファーに座らされた。

「あ、の……」

「ほら、動かない」

後ろからモーター音が響き、頰を熱風が掠めた。いつの間にドライヤーが？　と驚く沓子をよそにレイモンドは髪を乾かしてくれる。

美容院以外で他人にこんなことをされるのは初めてで、杳子はどうしたらいいかわからない。髪に指が挿し入れられ、頭皮を優しい手付きで揉み込まれると徐々に緊張が解れていく。リラックスした杳子にひたひたと眠気が迫ってきた。

「はい、おしまい」

その声にはっと顔を上げる。やばい、寝てた！　と焦っているうちにひょいと抱き上げられた。

「すみませんっ、あの……大丈夫ですから！」

「いいんだよ。僕が運びたいだけ」

縦抱きにされ、額に唇が押し付けられる。ちゅっと音を立てて離されたそれはゆるりと弧を描いていて、レイモンドが上機嫌であることを物語っていた。

リビングから短い廊下を抜けた一番奥の部屋が寝室だった。ドアを開けると、既にベッドサイドにある照明が部屋全体を柔らかく照らしている。

杳子はベッドの縁に腰掛けるように下ろされ、そのままぽすんと横に倒された。布団を掛けられると程よい暖かさが全身を包み込む。

「僕を待っていなくていいからね」

「は、い……」

「おやすみ、沓子」

「おやす……み、なさい」

今度は頬にキスが落ちてくる。優しく頭を撫でられているうちに、沓子は深い眠りへと急激に沈んでいった。

第二章　繋がる身体と繋がらない心

　再びレイモンドが寝室へと戻ったのは、沓子が深い眠りに落ちてから二時間後のことだった。

　処理が必要なメールはもれなく対応しただけでなく、いつもなら後回しにする雑事も全て片付けた。とにかく明日はどんな些細な連絡も受けたくはない。アシスタントには社内SNSで完全オフを宣言し、浴室へと足早に向かった。

　前の使用者はよほど疲れていたのだろう。少々乱れているボトルの位置に思わずふっと笑みを浮かべる。水滴の残る場所でシャワーを浴びるのは久しぶりだ。なにせ、レイモンドがこの部屋に滞在するようになって以来、沓子が初めての来客なのだから。

　手早く全身を洗い、髪を乾かすのももどかしく寝室へと向かう。出来るだけ音を立てずに入った部屋にはようやく捕まえた天使が眠っていた。

布団を持ち上げ、揺らさないよう気を付けながら身体をベッドへ滑り込ませる。横向きで少し身体を曲げた沓子はすうすうと気持ちよさそうな寝息を立てていた。

枕と首の隙間に腕を滑り込ませ、そっと自分の方へと引き寄せる。頬に掛かった髪を払い、顕にした素顔には疲労の色がはっきりと浮かんでいた。あまりの痛々しさに目の下にある隈を指の腹でなぞる。

「ん……」

くすぐったかったのか、沓子は眉をひそめると小さく頭を振った。

「あぁ、ごめんね」

後頭部に手を添えて胸元に抱き込み、自らの手で乾かした黒髪の感触をじっくりと堪能する。

元々直毛でパーマを掛けてもすぐに取れてしまう、と本人は不満そうに語っていたのを思い出す。しかし、まるで沓子の性格を表しているような髪をレイモンドは気に入っていた。

日本に本社のある冷凍食品メーカーが、主にアジア圏を中心に事業展開しているシンガポールの企業と統合する。まとまれば世界シェア三位にまで跳ね上がる案件が現在、レイモンド・エルフィンストーンに任されている仕事だ。

一年前から下準備を始めていたものの、日本の担当者から上がってくる報告はあまり芳しくない。こちらからの指示を無視した進め方が目立つようになり、業を煮やした父親から現地に赴いて陣頭指揮を執るよう司令が下った。

のんびりしている時間はない。成田《なりた》に着き、呼び出しておいた担当者から移動中の車で現状の報告を受けた。思っていた以上に進捗が悪く、早くも気が重くなる。これはスケジュールを一から見直す必要があるだろう。オフィスに到着次第、関係者を集めてミーティングを開いた。

さすがにこれだけ話せば危機意識を抱くだろう、と思いきや——直後に歓迎会の為に近くのレストランを貸し切ってあると聞かされ、レイモンドの機嫌は更に急降下した。

とはいえ、ここで断って関係を悪化させるのは得策ではない。頭を外交モードに切り替え、無駄に着飾った女性アシスタントたちが密かな攻防戦を繰り広げている姿には気付かないふりをした。

今はそんなことをしている場合ではない、ということに気付いていない時点で相手をする気にはならない。心の中は氷点下だが、表面上は柔らかな笑みを浮かべてワインを飲み下した。

そして翌日の準備があるからと早々に切り上げてオフィスへと戻った。当然「一人で集中したい」と釘を刺すのを忘れない。これでようやく本来の仕事ができると一気に作業を進め、あとは資料を揃えるだけという時に事件が起こった。

さっきまで使えていたはずの複合機が急に動かなくなった。

新品だと聞いていたのに、機械まで自分を邪魔するのか。エラーを示す赤いランプを忌々しげに睨みつけ、本体にシールで貼られていた連絡先へと電話を掛ける。これが繋がらなければホテルのビジネスセンターで、とも考えたがやはりリスクが高すぎると内心で舌打ちする。

森下と名乗った電話の相手は「すぐに修理の手配をする」と告げた。苛立ちながら別の仕事をして到着を待つ。そして三十分が経った頃、守衛室から連絡が入った。

急いでオフィスの入口に向かってみれば、そこにいたのは電話の相手ではなく——若い女性。

これといって容姿に特徴のない彼女はレイモンドの顔をぽかんと見上げ、慌てたようにスマホで何かを調べようとしていた。どうやら見た目で勘違いされたらしい。

少々頼りなさそうに見えた彼女だが、いざ機械を前にすると様子が一変した。

完了時間を伝えるとどっかり床に座り込み、猛然と手を動かし始めた。次々と部品を取り外しては綺麗に拭き上げている。鬼気迫る勢いで進められる作業に、時折レイモンドは仕事を忘れてつい見入ってしまった。

堀井と名乗った女性は当初の宣言通り、二十分で修理を終わらせた。

電源を入れ、起動するまでの時間でガラスの読み取り面や汚れが付きやすい把手を手早く拭いている。エラーランプが点かないのを確かめ、満足げな顔で本体を撫でてからレイモンドの部屋へとやって来た。

修理完了を告げる弾んだ声と晴れやかな笑顔に、積もり積もった苛立ちが一瞬にして消えていく。確認を終えた彼女は立ったままクリップボードで何かを書き始めたので、ミーティングスペースに案内すると「ありがとうございます」とやけに感激されてしまった。

不意に到着した時のやり取りが蘇る。あれは明らかにレイモンドの八つ当たりだ。こんな深夜に頑張って修理してくれた相手へ非礼を詫びるも逆に慰められてしまった。

しかも見慣れないパネル表示に苦労していると、それをすかさず察知して救いの手を差し伸べてくれた。

「あっ、大丈夫です。私は英語が全然わかりませんので！」

躊躇するレイモンドを安心させるつもりだったのだろう。なぜか自信満々に告げられて思わず吹き出してしまった。しかも仕上がりを褒めると、まるで我が事のように嬉しそうに笑い、製品の便利な機能について熱く語ってくる。

どうやら彼女は自社の商品が大好きらしい。事務所を後にする時、修理を終えた複合機をぽんぽんと叩き、小さな声で「頑張るんだぞ」と囁いているのを聞いてしまった。

――可愛い。

どうしてそんなに機械が好きなのか、理由をじっくり聞いてみたい。彼女はきっと生き生きとした笑顔で教えてくれるに違いない。

このまま帰してしまえば全てが終わってしまうのは火を見るよりも明らかだ。咄嗟に名刺を渡そうとしたら不思議そうな顔をされてしまった。自分は興味の範疇外だと暗に言われた気がして軽いショックを受ける。

レイモンド自身、その生まれと容姿がほとんどの他人からすると好ましいものであることを幼少の頃から自覚していた。だからこそ今までは友人を含め、付き合う相手は慎重に選んできたというのに。

人生初の衝動的な行動は不発に終わってしまった。しかしここで諦められるほどこの感情は生易しいものではない。強引に名刺を押し付け、また半ば無理やり名刺を差し出させた。

ようやく受け取った名刺をじっくり見れば、何と彼女はオルトナーの担当でもなければサービスマンでもなかった。咄嗟に縁を繋ぎ止めた己の判断に安堵しつつ、柄にもなくこれは運命なのだと確信する。

ありとあらゆる言葉を使って感謝を伝えれば、少しの照れとたっぷりの困惑が入り混じった表情が返ってきた。

どうしてこんなにお礼を言われるのかわからない、と言わんばかりの様子に思わず頬が緩んでしまった。そんな謙虚な姿勢もまた好ましい。

名残惜しいが今日はこれでお終い、と思いきや、別れ際になって彼女の苦労を再び実感した途端――胸が愛おしさでいっぱいになる。

慌てる声や仕草も可愛らしくて堪らない。このまま部屋に連れ帰ってお風呂で丁寧に洗ってあげたい。そして抱きしめて眠ればきっといい夢が見られるだろう。

暴走しかかった思考を何とか現実に引き戻す。それでも少しだけ意識して欲しくて、綺麗に拭ったばかりの場所に軽く唇を押し当てた。

必ず――手に入れる。

目を丸くして固まった沓子を笑顔で見送りながら決意した。

「んん――……」

不意に胸を押され、レイモンドは追憶から引き戻される。拘束から逃れた沓子がころりと寝返りを打った。どうやら苦しかったらしい。

何とか個人的な繋がりを作ったというのに、レイモンドの天使はなかなか手強かった。改めてお礼をしたいと食事に誘えば仕事が忙しいとすげなく断られ、スケジュールをやりくりして翌週の土曜日をこじ開けた。そして再提案するもあえなく玉砕。念の為にと確保しておいた二週間後の土日でどうだと食い下がる。

ようやく条件付きながらＯＫの返事をもらえた時には内心でガッツポーズをしてしまった。

そして久々に顔を合わせた杳子の装いはシンプルながらよく似合っていた。こういう場所に慣れていなくて、と素直に申告するのも好感が持てる。

……これから嫌でも慣れるよ、と危うく口にしそうになったのだが。

メインダイニングにしなかったのは、最初からかしこまった場所にすると警戒されてしまう危険があったから。かつて父親が苦学生だった母親を口説く際に使った作戦が、まさか参考になる日が来るとは思わなかった。

汚してしまったお詫びだと、わざわざ代わりのハンカチをプレゼントしてくれる律儀さも愛おしい。布についたトナーの粉はまず落ちないので、と申し訳無さそうに言っていたが、そもそも洗うつもりが無かったと知ったらどんな顔をするだろう。またあの慌てた表情を見せてくれるかもしれないと想像するだけで胸が躍った。

カジュアルダイニング、という名称ながらランチコースもあったのだが、沓子はランチセットというもっとも安価なメニューを選んだ。遠慮しているのかと思いきや、選んだ理由はまさかの食べやすさ。無理な背伸びはしないというスタンスがむしろ清々しい。

コース料理なら皿数も多く、その分ゆっくり話もできたのに。これは会話をできるだけ引き延ばすしかないと、不審に思われない程度に色々と聞き出してみる。

ものづくりに興味を持ったのは、かつては電子基板を作る町工場を営んでいた祖父の影響だそうだ。地元の高等専門学校に進学してロボコン部に所属、憧れだった事務機器メーカーのハリオスへの入社が決まって上京した。

そして念願の開発部へ異動して三ヶ月が経ち、今は新しい環境に慣れるべく日々奮闘しているという。

「いい経験になりました」

別れ際、お礼の言葉と共に沓子はそう言って笑っていた。もうこれきりだと匂わせるような言い方だが、当然ながらそんなつもりはない。雑談の中から「次」に繋がりそうなキーワードは既にピックアップ済みだ。

「次」を積み重ねていけば、いずれは「日常」となる。

まずはそれを目指してみたものの、沓子は一向に近付いてきてくれない。いつだって彼女の興味の先に置かれているのは機械ばかり。それでもさり気なく接触の機会を増やせば動揺してくれる。脈がない訳ではないと何度も自分に言い聞かせ、亀の歩みの如く距離をつめていった。

言い辛いだろうからと理由を付けてファーストネームへと切り替えさせる。

いつも一拍置いて慎重に呼びかけてくる様子も捨てがたかったが、それなら自分もという交換条件に有頂天になる。初めて「沓子」と口にした時、くすぐったそうに笑った顔が今でも忘れられない。

沓子はレイモンドの知る女性とは全くタイプが異なっていた。

ある日、わざわざイルミネーションが綺麗な場所を選んで通ったというのに、その景観に感激するどころか、ＬＥＤの構造と開発の歴史について熱く語られてしまった。

こんな調子で沓子の気を引こうと立てた作戦の数々は失敗続きだった。

だけど、そんな風に翻弄されるのも悪くないと思えるから不思議だ。きっとそれは相手が「天使」だからに他ならない。

ようやく恋人というポジションを獲得したというのにガードの固さは相変わらずで、いかにして関係を深めていくかを悩む日々が続いていた。

だから今夜は、ようやく訪れた絶好の機会。無防備に身体を預けてくる恋人をすかさず自分の棲家へと引き入れた。

「目を覚ましたら――覚悟して」

背後からそっと抱き寄せ、髪に顔をうずめて同じシャンプーの匂いを堪能する。

頭のてっぺんにキスを落としてからレイモンドは静かに目を閉じた。

◇◆◇

沓子はゆっくり目を開き、焦点を結んだ先の存在にしばし硬直した。

昨夜の出来事が一気に蘇り、変な声が出かかったのを寸前で嚙み殺す。そうだ、せっかくリサイタルに連れて行ってもらったのに途中で寝てしまった。しかもなし崩し的なお泊まりだったはずが、沓子が泊まれるように準備していたと告げられたことを思い出してぶわっと顔が熱くなった。

ベッドサイドの置き時計を見れば、時刻は朝の八時。休日の起床時刻としては異例の早さだ。

こんな時間に目が覚めた割に頭がすっきりしているのは、やはり寝具の違いなのだろう。

自室にある価格重視で選んだマットレスを思い出し、次はちゃんとしたものを買おうと決意する。

こちらを向いていたレイモンドが仰向けの体勢になった。横から見るといかに睫毛が長いかがよくわかる。沓子は眠っているのを良いことに、高い鼻梁とすっと通った鼻筋を存分に堪能する。

お互い多忙の身なので会える頻度はそう高くないにせよ、沓子とレイモンドの関係は恋人同士。それなのに、なぜか未だに実感が湧いてこない。

知人から恋人にランクアップした途端、レイモンドの態度はますます甘くなった。混雑具合に関係なく手を繋ぐのは当たり前、場合によっては腰に手を回して身体をぴたりと密着させられる。

耳元に囁いたついでにこめかみや頬にキスしてくるのは日常茶飯事で、そういった行為にほとんど免疫のない沓子はその度に動揺してしまう。

嫌な訳ではないけれど、むず痒くて仕方がない。しかも狼狽えたりちょっと怒ったりしても「可愛い」と言われるだけで更にドツボにはまる有様だった。

果たしてあの甘さに慣れる日が来るのだろうか。少し厚めの唇をぼんやり眺めながらそんな事を考えていると、不意に肩が何かに包まれた。

「えっ？　……ひあっ！」

そのままぐっと引き寄せられ、額に肌触りの良い生地が押し付けられる。

「おはよう」

沓子を抱き枕よろしく包み込んだレイモンドが囁いた。寝起きの掠れた声がいつも以上に色っぽく聞こえる。

「おはようござっ……いっ、ますっ」

目覚めたばかりだというのにレイモンドは最高に機嫌が良いらしい。何度も額やこめかみにキスが落ちてくるせいで声が自然と跳ねてしまう。

「随分と顔色も良くなったね。よく眠れた？」

「はい、お陰様で」

頬をするりと撫でられ思わず小さく首をすくめる。くすぐったいし、今頃になってすっぴんを晒しているという事実に気付いてしまった。

お肌のケアに関して言えば、最近は意識して時間を掛けていたという自負はある。それでも連日の激務でコンディションはあまり良いとはいえなかった。やはり無理をしてでも帰るべきだったと後悔する。

今更な気もするができればあまり顔を見て欲しくない。しかしレイモンドは熱い眼差しでこちらを見つめている。居たたまれなくなった沓子は、早くも乱れ始めた動悸を落ち着かせる為に目を伏せた。

「昨日は、迷惑を掛けてごめんなさい……」

「気にしないで。むしろ僕は、ようやく沓子が泊まってくれて浮かれてるんだ」

その言葉に嘘はないと彼の声や仕草が物語っている。レイモンドは沓子をすっぽりと抱きしめ、頭にすりすりと頬を擦り付けてくる。まるで大型動物に懐かれたような気分になるが、くすぐったくて仕方ない。

今日は休みなのでのんびりしていて構わないのだが、レイモンドのプライベートな時間を独占するのはまだ申し訳なく思ってしまう。

「あぁ、ごめんね。全部クリーニングに出したから返ってくるのは夕方になるよ」

朝食を食べたら退散すると脳内会議で決定した。まずは着替えたい、と頼んだらまさかの返答に絶句する。とりあえず顔を洗っておいで、と驚きが抜けきらないうちに洗面所へと連れて行かれた。

リビングに戻ると入れ違いでレイモンドが顔を洗いに行く。待っている間にバッグを発見し、スマホを取り出して新着メッセージを確認——幸い仕事の連絡は入っていない。

「こっちにおいで」

杏子に合わせたのか、レイモンドもまだ寝間着姿のままである。よく見てみれば二人が着ているものは全く同じ生地で作られたデザイン違いだと気付いた。二日連続でまさかのペアルック。いくら誰にも見られていないとはいえ、お揃いはやっぱり恥ずかしい。

ぎくしゃくした足取りで窓際に立つレイモンドの方へと向かった。

カチッとボタンを押す音が響き、目の前のブラインドがゆっくり横に開いていく。

「わぁ……！」

目測ではあるが、部屋の位置はゆうに三十階は超えているだろう。

多種多様な植物が鑑賞できると有名な庭園が眼下に広がり、新旧二つのテレビ塔が見える絶好のロケーション。思わず身を乗り出した杏子の腰に、後ろからするりと腕が巻き付いた。

「ようやくこの景色を一緒に見られた」

「う、す……すみません」

恋人になる前から何度も見においでと誘われていたが、彼のプライベートな空間に足を踏み入れるのをずっと躊躇していた。

天気が良ければ寝室の窓から富士山が見える、と説明するレイモンドは引き続きご機嫌である。今度はミニキッチンを紹介すると告げるなり杏子を持ち上げ、反対側へと着地させた。

昨晩はあまりにも眠くてちゃんと見ていなかったが、リビングの奥に目的の場所があったらしい。なるほど、こういう設備がある部屋がレジデンシャルルームの特徴なのかと納得する。

「あ、これって……」

沓子はキッチンカウンターの隅へと思わず近付いていった。色は違う上にこちらの方が小型だが、前面にある赤色で描かれたレトロなロゴに見覚えがある。

「エスプレッソマシンまであるなんて凄いですね」

「うん、一度も使ったことがないけど」

「そうなんですか？　勿体ない」

イギリス人なのでてっきり紅茶好きかと思いきや、レイモンドはコーヒー党らしい。

沓子はエスプレッソマシンの前面から飛び出た黒い把手を摑み、慣れた手付きでフィルターホルダーと呼ばれるパーツを外した。

「沓子は使ったことがあるの？」

「はい、学生の時にアルバイトをしていた喫茶店にありました」

使っていたのは三ツ口の業務用マシンだが基本構造は同じだ。超高級ホテルらしく、汚れやすい箇所まで綺麗に磨き上げられていることに思わず感心する。

「オーナーの息子さんがバリスタの資格を持っていて、マシンのメンテナンス方法も教えてもらいました」

懐かしい、と呟くとレイモンドが何かを思い出したらしい。カウンターの上にある棚へと手を伸ばした。

「そういえば、これがエスプレッソ用の豆だと言っていたけど……」

「見せてもらえますか？」

密閉されたガラス瓶を受け取り、慎重に蓋を開ける。ふわりとコーヒーの香りが二人の間に漂ってきた。

「そうですね、細挽きなので確かにエスプレッソ用です」

「じゃあ、淹れて欲しいな」

「良いんですか？　あーでも、ちゃんと出来るかなぁ……」

なにせバイトを辞めてからは一度も触っていないのだ。不安がっていると失敗してもいいから、と笑顔のレイモンドに押し切られてしまった。

とはいえ、まずはマシンの準備に時間が掛かる。タンクに水を入れて電源スイッチを入れ、ボイラー圧力が上がるのを待つ間に髪を一つに結んだ。

「沓子、トーストは何枚食べる？」

「え？　ええっと……一枚でお願いします」

「わかった」

フィルターホルダーが温まったのを確認してからコーヒー粉を入れる。そしてタンパーと呼ばれる器具で上から軽く押さえつけ、表面を平らにしたら再びマシンへと慎重にセットした。このセットする角度に結構コツがいるのだ。

少し身を屈め、インジケーターランプで準備完了を確かめると抽出パドルをスライドさせた。

しばらくするとしゅわっと蒸気が上がり、周囲に濃厚なコーヒーの香りが充満する。その間にステンレスのピッチャーに牛乳を注ぎ入れた。

「…………ふぅ」

スチーマーを使って無事にホットミルクも出来上がった。それをエスプレッソの入ったマグカップに注げばカフェラテの完成だ。ついたっぷり入れてしまったので、沓子は零さないように注意しながらダイニングテーブルへと運んだ。

「わ……すごい」

綺麗な焼き目の付いたトーストとベーコンの添えられた目玉焼き。そしてくし型に切られたトマトが目に鮮やかなサラダとカットフルーツが並べられている。

「レイモンドさんって、料理が上手なんですね」

お坊ちゃまなので家事の類は不得意なのかと思いきや、アメリカにいた頃は一人暮らしをしていたので毎日食事を作っていたそうだ。

「沓子は家でごはんを作ったりする？」

「……いえ、ほとんどしません」

修理で外回りをしていた頃は食事の時間は不規則だったので外食ばかり。そして今はゆっくりと昼休憩を取る余裕が無い。デスクで作業をしながら、コンビニのおにぎりやらサンドイッチを片手で食べるのが関の山だ。

休日も疲れ果てているので出来合いのものを買う、もしくは大量にストックしてあるインスタント食品ばかり。世間で言うところの女子力は皆無である。

出来ない訳ではないので、せめて「たまにはやります」くらい言ってもよかったのに。己の正直さがこういう場面では恨めしい。

「何回かチャレンジしたのですが、結局食材を駄目にする事が多くて諦めました」

「沓子の場合は通勤時間も長いしね、無理もないよ」

「だからもう実家には野菜とか果物は送らないでくれって頼んでいます」

一人暮らしだとわかっているはずなのに大根を三本とか、みかんを丸々一箱とか。そもそも送られてくる量がおかしいのだと語ると、レイモンドはよほど可笑しかったのか、くすくすと笑い声を零した。

それでも母親が何か送りたがるので、最近は好物である黄桃の缶詰をリクエストする、と言ったらきょとんとした顔をされた。

「オウトウ?」

「あ、黄色い桃です。シロップ漬けになっているので、そのシロップをソーダで割って飲むのも美味しいですよ」

とはいえ、国産の高級品もあるが所詮は缶詰である。五つ星ホテルを住まいにする人間はいつだって新鮮な桃が食べられるだろう。だから、逆の意味でレイモンドとは縁遠い食べ物だとも言えた。

「美味しそうだね、今度買ってみようかな」

「えっ、ここで食べるんですか?」

あの大理石で出来たキッチンにちょこんと桃缶が置かれている姿を想像してみる。

……桃缶に同情したくなった。

「ヨーグルトに混ぜたりしても美味しそうだね」

るのは憚られた。

「あ、いいですね」

基本は開けたらそのままフォークを刺して豪快に齧りつくのだが、さすがにそれを伝えるのは憚られた。

「じゃあ、用意しておくから食べにおいで」

「え、っと……はい」

それはつまり、また泊まりに来いという意味に違いない。言質をしっかり取るあたりが流石は敏腕弁護士と言うべきだろう。

レイモンドに誘導されたみたいで少し悔しい。これ以上は騙されないぞ、と再び朝食へと集中した。

「目玉焼き、とても美味しいです……」

「よかった」

フォークで割ると中心部分からとろりと黄身が零れ落ちた。完璧な半熟に仕上げられているし、ベーコンの端の部分が少しカリカリになっているのも杏子の好みだ。

いつだったか、杏子が目玉焼きハンバーグを食べていた時のことを覚えていてくれたのだろうか。流れてしまった黄身が勿体ない。トーストで掬い上げ、すかさずかぶりつく姿をレイモンドがじっと見つめている。マグカップを片手に熱い視線を注がれ、夢中で食べていたことが少し恥ずかしくなった。

「杳子が淹れてくれたコーヒーも美味しいよ」

「あ、う、よかったです」

どうなることかと思いきや、我ながら良い出来だと安堵する。味の良さは高級なコーヒー粉と牛乳が理由だとは思うが、そこはとりあえず気付かないふりをした。

レイモンドはよほど気に入ったのか、食後にもう一杯とおかわりをリクエストしてくれた。

さっきは時間が無かったので牛乳はただ温めただけ。でもせっかくスチーマーを使うのだからと、今度はふわふわのフォームミルクでカプチーノを作ってみた。

「へぇ、こんな風にも出来るんだね」

感心しきりのレイモンドを前に杳子はちょっぴり胸を張る。料理は出来ないけれど、このマシンの使い方だけは負けないはず。なぜ競争のような気持ちになるのかは自分でもよくわからないのだが。

目を閉じて味わうようにして飲む姿は、やはり映画のワンシーンになっていてもおかしくはないほど絵になっている。

「うん……美味しい」

カップから離れた唇にはミルクの泡が残っている。それを舌先でぺろりと舐め取る仕草がやけに艶めかしい。沓子は思わずその光景を食い入るように見つめてしまった。

まだ寝間着のままの彼はどこか気だるげで、セットされていない髪もまた色っぽい雰囲気を醸し出している。朝からその色気は反則です……っ！　と内心で叫びつつ沓子はエスプレッソマシンへと向き直った。

「け、結構こういうのって身体が覚えているものですね！」

動揺を悟られないように気を付けたはずなのに声が上ずってしまう。使い終わったコーヒー粉を捨てたり、カウンターに飛んだコーヒーの飛沫を拭いたりしていると、背後にふっと熱を感じた。

「……沓子」

耳に掛かる吐息がいつもより熱く感じる。腰に腕が回され、背中にレイモンドの身体がぴたりと密着した。そこから伝わる体温も高く感じるのは、きっと隔てている布の枚数がいつもより少ないからだろう。

「僕のことも……身体で覚えて欲しいな」

「ひゃっ⁉」

思わせぶりにお腹を撫でられ、沓子はあられもない声をあげる。びくんと揺れた身体は優しくもしっかりと拘束されていた。

「レイモンドさんっ、い……まっ、午前ちゅ……んんっ……！」

むしろ朝です！　という言葉がキスで封じられる。

不意打ちを受けて緩んだ隙間から肉厚の舌が侵入し、口内をゆるゆると這い回り始めた。

自分が作ったカプチーノの味を分け与えられ、沓子の意識がそちらへと向いてしまう。

「やっ、ぁん……」

胸の膨らみを寝間着の上から大きな手が覆う。そのまま優しく揉みしだかれ、手にしていた布巾がカウンターにぱさりと落ちた。

「恋人を愛でるのに時間が関係ある？」

「で、も……っ！」

むき出しになったうなじに唇が押し付けられた。すぐ離されると思いきや、同じ場所に舌がねっとりと這わされる。まさかの事態に焦る心とは裏腹に、身体だけは着実に高められていった。

「ごめんね、もう限界」

「限界、って……ふぁっ！」

また後ろからひょいと抱き上げられた。

足早にリビングから連れ出され、向かっている先は——。

恋人なのだからいずれは「そういう事」があるのだろう。いくら鈍い杏子だってそれくらい理解していたし、もちろん覚悟もしていた。だけどまさか、睡眠不足と疲労を心配されて泊まらせてもらった翌朝にこのイベントが起こってしまうとは。

太腿の後ろに当たっている硬い感触に気付き、じわじわと顔が熱くなってくる。狼狽えているうちに目的地へ到着してしまった。

ベッドに着地した勢いでスリッパがどこかへ飛んでいってしまった。時間を忘れさせる為なのだろうか、レイモンドは半分開けてあったカーテンを隙間なく閉じてからベッドに戻ってきた。

「れ、レイモンドさんっ！」

ベッドサイドのランプに照らされ、ヘーゼル色の瞳が妖しげに光る。覆いかぶさってくる男は浮かんだ欲情の色を隠そうとしない。振りまかれる色香に頭がくらくらしながらも理性をかき集め、杏子は迫ってきた肩を両手で押し止めた。

キスを阻止されたレイモンドは不満げな表情を浮かべる。初めて会った時を思い出させるような不機嫌顔に図らずも胸がきゅんとした。

「限界だと言ったはずだよ？」

「それはいいんですけど、ただ……あっ、ちょ……っ！」

否定した途端、手に掛かる重みがぐっと増した。それでも何とか耐えた杳子が意を決して白状する。

「私、あのっ……こ、こういう事するのが、すごく久しぶり……っ、で」

「そうなんだ。どれくらい前？」

「え、っと……」

気が逸れた瞬間、左の頬にちゅっと音を立ててキスされた。そのまま耳たぶを甘噛みしたり、ちろりと舌先で舐めたりしてくるのでなかなか記憶が呼び出せない。

レイモンドは答えを聞く気があるのだろうか。涙目になりながら必死で思い出そうとする。

「ろ、ろく……じゃなくて、五年ですっ！」

学生の時、一つ年上の先輩と付き合っていたのが杳子にとって唯一の男性経験だった。しかもそれはわずか半年で終わってしまった。その後は就職活動に追われ、ハリオスに入社してからは仕事に没頭していたので、恋人と呼べるような相手はずっといなかった。

自分から進んで打ち明けたというのに、恋愛偏差値の低さを改めて思い知らされた杳子は軽く凹んでしまう。しかしそんな杳子とは対照的に、レイモンドは口の両端を持ち上げて嬉しそうに微笑んだ。

「五年前なら、もう全部忘れているよね」

「そ、そうですかね……？」

交際期間も短いのでそれに比例して回数も片手で数えるほどしかない。しかも慣れるどころか、初めての痛みが消えないうちに別れてしまった。だから、正直この行為には悪い記憶しか残っていなかった。

もしかすると、それがレイモンドの部屋を訪れることを躊躇っていた理由なのかもしれない。急に腑に落ちた杏子を大きな熱がすっぽりと包み込んだ。

「大丈夫。杏子は何もしなくていいよ」

「レイモンドさん……」

「ただ僕を受け入れて……沢山気持ちよくなって」

耳元で響く甘い囁きにお腹の奥から疼きが湧き上がってくる。初めての感覚に戸惑っているうちにそっと唇が重ねられた。

柔らかく、そして思いやりに満ちた触れ合いが杏子の強張りを解いていく。

レイモンドから与えられる口付けに身を委ねる頃には、唯一抵抗を見せていた手もシーツへと沈んでいた。

「いい子だね。……愛しているよ」

「んっ、ふぁっ……あぁ」

耳に押し当てられた唇が囁き、そのまま首の側面を滑っていく。鎖骨に軽く歯を立てられ、沓子は思わず小さな声を漏らした。

微かな痛みが徐々に疼きへと変わっていく。身を包む布が軽く引っ張られ、胸元にひやりとした空気が入り込んできた。そういえば下着を着けていないんだった……！　と思い出したところで時既に遅し、剝き出しになった胸を形の良い指がつうっと撫でる。

「沓子の身体はどこもかしこも可愛い」

「そ、んな……っ、きゃぅっ！」

顔の造作も含め、体型において全てが平均だという認識は決して間違いではないはず。それなのにレイモンドは陶然とした眼差しで沓子の裸体を眺め、愛おしくてたまらないと言わんばかりの仕草で愛でていく。

つんと天井を向いた胸の先端を指先で摘まれる。そのままくりくりと弄ばれ、沓子は思わずレイモンドの腕を摑んでしまった。

「やっ、だ、これ……っ、やぁ……っ！」

「あぁ、ごめん。痛かったね」

痛くはない。ただくすぐったいというか、むず痒くて仕方がない。しかもその刺激が疼きを加速してくる。指が離れてほっとしたのも束の間、つんと尖った場所を熱く湿った吐息が掠めた。

「ちがっ……！　や、んんん……っ！」

そういう意味じゃない！　と言いたいのにうまく言葉が出てこない。もう一方も膨らみをぐにぐにと捏ねるように刺激され、耐えきれなくなった沓子は身悶えた。

「ほら、これなら痛くないでしょ？」

レイモンドがにこりと微笑む。唇の間から真っ赤な舌が覗き、舌先で濡れた先端をつつかれた。それと同時にあまり大きくない膨らみが、綺麗な手によって卑猥な形に変えられている。

初めて目にする光景に全身がかっと熱くなった。

自分で触っても何も感じないのに、どうしてこんなに反応してしまうんだろう。動きの予想が出来ないから？　いや、それとも……。

いつもの癖で沓子は分析を試みる。しかし絶えず送られる刺激のせいで思考はまとまるどころか徐々に霧散していった。

「や、あ……っん！」

強く吸い上げられた拍子にひときわ大きな声があがった。少し鼻にかかった高くて甘い喘ぎに、目の前にあるヘーゼルの瞳がふっと細められる。

自分が発したはずなのにまるで別人のように聞こえる。咄嗟に手で口を塞いだものの、すぐに手首を摑んで外されてしまった。

「杳子の可愛い声、もっと聞かせて」

「うぅ……恥ずかしい、です……」

お願い、と耳元で囁かれたら従うより他はない。行き場を失った手が枕の端をきゅっと握りしめると、額にご褒美のキスが降ってきた。

顎を摑んで上を向かされた途端、荒々しく唇を塞がれる。口内をくまなく、そして蹂躙という表現がぴったりなほど荒々しく嬲られ、徐々に頭の中に靄が掛かってきた。

「ふ、くっ……ぅんんん……っ!」

胸を弄っていた手が脇腹を撫で下ろしていく。

下の方に数個だけ残されていたボタンを外し終えると、お腹を経由した指先がゆっくりと叢をかき分けた。

「やぁ……っ」

ぴたりと合わさっていた肉唇の合間を指が割り開いていく。久しぶりに他者の侵入を許した場所からくちゅりと水音が響き、沓子は思わず腰を揺らめかせた。

ここに触れられると勝手に身体に力が入ってしまう。沓子は絡められた舌に必死で応えながら、気を抜くと閉じてしまいそうになる内腿に力を入れていた。

「沓子、目を開けて」

「ん……」

容赦のないキスからようやく解放され、こつんと額が合わせられた。

距離が近すぎてどこにも焦点が合わない。息を乱しながらぼんやりとヘーゼルの輝きを見つめる。すりっと鼻先同士が擦り合わされ、肩が小さく跳ね上がった。

「こうされるのは怖い？」

「すこし、だけ……」

お互い初めてで、若かったということもあるのだろう。

今は嫌な訳でもないのに、五年の歳月が経ってもなお、この行為はどうしても痛みの記憶を呼び覚ましてしまう。

先ほどまでの荒々しさから一変、優しいキスが顔中に降ってくる。こめかみへ唇が押し当てられると同時に名を呼ばれ、その声の甘さに少しだけ力みが抜けた気がした。

レイモンドは沓子の顔を覗き込み、反応を確かめながらゆっくり隘路の入口を撫でている。動かされる度に時折奥に隠れた敏感な粒に微かな刺激が送られ、それが少し怖いけどもどかしくて堪らない。

「嫌なら、遠慮しないで教えて」

「は、い……んんっ」

指先が入口へと浅く挿し込まれた。杳子は反射的に身体を揺らしたものの痛みは感じられない。気遣わしげな眼差しに小さく頷くと、目尻に唇が押し当てられた。

首の下に回された腕に胸元へと頭を引き寄せられる。額から伝わってくるのは、硬い筋肉の感触と温もり。

そして——いつもより速くて大きな鼓動。

は……と熱い吐息が耳を掠めた瞬間、胸がぎゅっと締め付けられた。

「杳子?」

「も、もう……大丈夫、です、から……」

気の利いた誘い文句なんて杳子が知るはずもない。だから、率直に気持ちを伝えただけなのに、レイモンドは目を見開いて小さく息を飲んだ。そしてたちまち困ったような、でもどこか嬉しそうな表情へと変わっていく。

「無理はしなくていいんだよ?」

「して、ません。だから、もっと……」

沢山、奥にください。

言葉より先に身体が反応する。一本だけ含まされたモノをきゅうっと締め付けた。

レイモンドの唇がゆっくりと弧を描く。次の瞬間、内側を押し開く指が増やされた。

「あっ……ん」

「痛くない？」

ふるふると首を振ると指が更に奥へと侵入してくる。奥に触れられるにつれ、そこから今まで感じたことのないざわめきが全身へと広がっていった。

あのレイモンドの、いつも見惚れてしまう綺麗な指が自分の内側を弄っている。そう考えるだけで胎の奥から熱が湧き上がり、どんどん潤みが加速していく。抜き挿しされる度に粘着質な水音が徐々に大きくなっていった。

「ひうッッ!?」

ある一点を擦られた途端、びりっと電気のようなものが全身を駆け抜けた。驚きのあまり大きく見開かれた沓子の目にレイモンドの悪戯っぽい笑みが映る。

「え、なに……っ？」

「見つけた」

そこに触れられる度にどぷりと蜜が溢れてくる。再びしっかりと沓子を胸元に抱き込むと、レイモンドの内側を弄る指は激しさを増していった。

「やっ、そこ……はっ、んんん……ッ！」

じわじわ追い詰められていく感覚に目の前の身体へと縋り付く。徐々に張りつめられた糸がぷつんと切れた瞬間、視界いっぱいに白い閃光が弾けた。

まるで全力疾走したかのように息が苦しい。

どっと汗が吹き出した額にレイモンドの唇が押し当てられた。

「良かった。上手にイけたね」

「え、これ……が？」

汗ばんだ身体は絶頂の余韻を残しているのか、まだ目の前がチカチカしている。乱れた呼吸を聞きながら沓子が呟く。

震える身体をすっぽりと抱き込み、レイモンドが頭を撫でてくれた。安心できる感触に身を委ねていると、気付かないうちに寝間着の袖を腕から抜かれていた。

「やっ……か、えして」

「ダメに決まってるでしょ」

肌を隠そうにもまだ身体がうまく動かない。着ていたものへ伸ばした手はあっさりとレイモンドに捕らえられ、手の甲にわざと音を立ててキスされた。こうすると沓子が抵抗を止めることを知っているのが恨めしい。

涙目でじとっと睨むと、ようやく脇に退けられていたデュベを掛けてくれた。

「でもすぐに剝ぐからね」

不穏な台詞を艶めいた声で言い残し、レイモンドがベッドから下りる。手早くボタンを外された上衣がもどかしそうに脱ぎ捨てられた。

しっかりとした筋肉はスーツの上からでもわかるほどだったが、まさかこれほど見事な体躯をしているとは思わなかった。やっぱりこれはCGなんじゃないかという考えが再び脳裏をよぎる。

ついつい食い入るように見つめてしまった。見事な肉体の持ち主とうっかり目が合い、思わせぶりな笑みを寄越される。

「ああああごめんなさい勘弁して下さいっ！」

「こら、逃げない」

がばっと頭まで被ったデュベは容赦なく取り上げられた。往生際の悪い沓子は身体を横に向けて丸まってみたものの、そのまま背後から抱き込まれてしまう。

ダイレクトに伝わってくる感触にはしっかりとした弾力がある。先ほど目にした肉体に包まれていると思うだけで、また顔が段々と熱くなってきた。

「はぁ……やっと、こうやって沓子に触れた」

嬉しそうな囁きが耳朶を打つ。後頭部へと愛おしげに頬ずりをされ、沓子は組まれた手におずおずと同じものを重ねた。

「レイモンドさんは……私に、触りたかった、んですか？」

「そうだよ。初めて会った時からずっとこうしたかった」

あんなボロボロの姿を見て欲情するなんて、レイモンドは随分と趣味が悪い。そんな素直じゃない考えが頭をよぎるが、こうやって求めてくれるのは純粋に嬉しかった。

沓子は丸めていた身体を元に戻し、恐る恐る反転させた。じっと見つめるヘーゼルの瞳を直視する勇気はない。ぎゅっと目をつぶったまま胸元に頭を寄せた。

「あの、まだ少し怖いけど、頑張ります、から……」

恐る恐る背中へと腕を回すと、指先から沓子の肌より滑らかな感触が伝わってくる。もしかして私の方が肌触りが悪いのでは……!?　咄嗟に離れようとしたもののタッチの差で強く引き寄せられた。

「ありがとう。でも、無理はしないで」

顔を埋めた場所からは嗅ぎ慣れた匂いがする。無言で頷いた頭頂にレイモンドが唇を押し当てたまま「可愛い」と囁いた。

抱き合ったまままころんと転がり、沓子は仰向けの体勢になる。レイモンドの手が頬に貼り付いた髪を撫でるように払うなり、そのまま深く口付けられた。

「ん……、っふぁ………」

いつもより執拗なキスが身体の奥底から官能を引きずり出していく。一度は落ち着いた疼きが呼び起こされ、膝同士を擦り合わせた。その拍子に太腿を熱が掠め、沓子はびくんと身体を震わせる。

「そろそろ……いい?」

目尻に浮かんだ涙を吸い取り、レイモンドが囁く。

その意味がわからないほど沓子も初心ではない。ごく小さな声で「はい」と答えると額にキスが降ってきた。

レイモンドが枕の下から取り出したパッケージを手早く開けた。ピッというビニールが切られる音につい反応してしまう。

っていうか、いつ仕込んだの……? ぐるぐる考えているうちにひょいと膝を抱え上げられた。

「ひゃ……っ!」

抵抗する間もなく膝が左右に開かれる。蜜に塗れた場所が外気に晒され、ひやりとした感覚に思わず小さな悲鳴をあげた。

くちゅりという水音と共に入口へと硬いものが押し付けられる。先端が侵入してくる感覚に思わず息を詰めた。レイモンドが頬に手を添え、引き結ばれた唇を親指でするりと撫でてくる。

「杳子、大きく息をしてごらん。…………そう、上手だよ」

息を深く吐き出すタイミングを見計らって腰が進められる。ごく浅い位置で、張り出した部分で引っ掻くように出し入れされる度にお腹の奥がぎゅっと引き絞られた。

肉襞がざわめき、レイモンドを更に奥へと誘おうとしている。その変化はすかさず察知されたようだ。見上げた先の美麗な顔が艶めいた笑みを浮かべた。

肉杭がゆっくりと、だけど着実に奥へと侵入してくる。

内臓を押し上げられるような圧迫感に杳子は自然と逃げを打つ。しかし腰を摑んだ両手がそれを許してはくれなかった。

「あ、んんっ……お、っきい…………」

思わず零した呟きにレイモンドがすうっと目を細める。

「それは誰かと比べている？」

「ちがっ……や、あああ……ッ！」

杳子に比較できる対象は一人しかおらず、そもそもサイズなど覚えているはずがない。相対比較ではなく絶対比較だという主張は身体の中心を貫く衝撃に消されてしまった。

「今日は苦しいかもしれないけど、ゆっくり慣れていこうね」

きゅうっと寄せられた眉の間にキスが落ちてくる。押し込んでは引くという緩やかな律動を繰り返されるうちに、苦しさとは別の感覚が呼び起こされていった。

「は、ぁ……っ、んんっ……れ、レイモンドさ、んっ」

杳子は縋るものを求めて目の前にある腕をぎゅっと掴む。しかしその手はあえなく外されてしまった。もしかして邪魔だったのかもしれない。謝ろうと思ったのも束の間、行き場を無くした手が指を絡ませるようにして繋がれる。

「苦しい？」

「ん……平気、です」

絡められた指に力を籠めるとレイモンドがとろりと甘い笑みを浮かべる。埋め込まれたものが大きくなり、杳子は思わず小さな声を漏らした。

ようやく腰が重なり合い、それと同時に奥をこつんと突かれた。

今日は初めて知ることが多い日らしい。先端が押し付けられる度、圧迫感とは違う感覚が湧き上がってくる。

「んっ……な、に、これぇ……っ」

「あぁ、また締まった」

レイモンドは嬉しそうに呟くと小刻みに揺らしてくる。

身体が押し上げられるような感覚が少しだけ怖い。だけどしっかりと繋がれた手が不安を和らげてくれるような気がした。

「あ、やっ……はげ、しい……ッッ！」

徐々に律動の速度が上がっていく。左手が解放され、杳子の身体が柔らかなシーツの上で踊り始める。

「杳子……さき、に……っ！」

「あああぁ────ッッ!!」

繋がった場所の上をぐりっと捏ねられた瞬間、溜まっていた熱が一気に弾ける。深く達した身体は肉筒を激しく収縮させた。右手が痛いほど握り込まれ、お腹の中にじんわりと熱いものが広がっていくのを感じる。

「はっ……すごい、な」

レイモンドは息を乱しながら杳子を優しく抱き込んだ。

「もう少し味わっていたかったのに……残念」

残念と言っている割にレイモンドは嬉しそうだ。遂には小さな笑い声を立てながらふわりと抱きしめられる。まだ身体に上手く力が入らないので、沓子はされるがままに顔中に降り注ぐキスを受け止めるしかなかった。

「あ、の……」

結局、後処理のあれこれは全てレイモンドが済ませてくれた。とはいえ、沓子も最初から全部任せるつもりはなかった。一応は頑張って起き上がってみたものの「僕にやらせて」と甘く囁かれ、その声に腰砕けになった結果である。ちなみにまだ着るものは返してもらっていない。

「どうしたの？」

少し休もうと腕枕されたタイミングで沓子が口を開いた。おずおずといった様子の問い掛けに、レイモンドが空いている方の手でするりと頬を撫でてきた。

「こんな事を訊くのは、その、デリカシーがないって思われるかもしれないのですが……」

「大丈夫だよ。遠慮なくどうぞ」

とはいえ、これは沓子にとって今後の重要な課題となるのは間違いない。恥ずかしがっていては駄目だと腹をくくった。

「えっと、れ、レイモンドさんは、気持ちよく……なれましたか？」

「………え？」

「私はその、どうしたらいいのか全然わかりませんので、もっとこうして欲しいとか、ご要望があればお聞きしたいと思いまして……」

サポートにおいてフィードバックは重要だと散々教わってきた。それは人間関係にも同じことが言える。しかもこういった親密さを要する行為なら尚更だ。

沓子としては切実な問題であり、至極真面目に質問をしたつもりだった。しかしレイモンドは驚いた表情のまま動きを止めている。

「レイモンドさん？」

「まったく、君という人は……！」

「え？　……ひゃぁっ!!」

深い溜息が聞こえたと思いきや、息が止まるほど強く抱きしめられた。

身の危険を感じて逃れようとしたものの、再びあっさりと捕らえられてしまう。

「やっと沓子を抱けたんだよ？　気持ちよかったに決まっている」

「え、でも……さっき『残念』って言いませんでした？」

言葉通りに捉えれば、レイモンドは何かしら不満を抱いているはず。こういった件は早めに確認しないと後で痛い目に遭うと経験上知っている。彼は沓子の性格を知った上で恋人関係になっているのだから、包み隠さず率直な気持ちを教えて欲しかった。

「そうだね。敢えて希望を言わせてもらうとすると……」

不服そうな沓子の耳元に艶を帯びた声が響く。思わせぶりに腰を撫でられてぞくりとしたものが背中を這い上がってきた。

「沢山……沓子が欲しい」

——だから、もっと頂戴?

首筋に顔を埋めたレイモンドが囁く。

いつも優しくリードしてくれる彼が沓子に甘えている。こんなに完璧で綺麗な人に上目遣いで強請られて拒否できるはずがない。

沓子は全身を真っ赤に染め、無言でただこくこくと頷いた。

第三章　自覚した想い

「なんかさぁ、開発に行ってから雰囲気変わったよね」

「そうかな？」

会社近くにある居酒屋で、乾杯するなり同期の石田《いしだ》すみれから鋭い指摘を受けた。

沓子はビールジョッキを片手に、ここに来るのも久しぶりだなぁとしみじみしていたというのに、その一言で内心ギクリとする。

ハリオスの創業六十周年記念モデルの仕様が遂に決定した。試作機を見る為に役員がぞろぞろと開発部へやって来た時は本当に緊張したが、無事にその場で全会一致で承認された。

そしていよいよ、明日からラインでの製造が開始される。

ずっと重苦しい空気が漂っていた開発部だが、ようやく肩の荷が下りて明るい雰囲気を取り戻しつつあった。

諸々の残作業はあるものの、順番に代休を取れる程度の余裕は出てきている。沓子は設計ファイルの整理を任され、今日は人口密度の低いオフィスで黙々と作業していた。

そんな時にサービスサポート時代の同期であるすみれから、久しぶりに飲みに行かないかというお誘いを受けたのだ。

しれっとした返答が不満だったのか、すみれは唇を尖らせている。愛らしい顔立ちの彼女だから許される仕草だな、と沓子は静かに分析していた。

「みんな言ってるよ。開発って忙しいはずなのにすごく生き生きしてるし、なんか美人になったって。分かってはいたけどちょっと寂しいー！」

「いやいや、美人はあり得ない。大袈裟だって」

沓子が開発部への異動を希望していたのは同期の間では周知の事実で、中でもすみれは同じ部署に配属されたということもあり、入社した時から何度も熱い思いを語った相手でもあった。

開発部の仕事は想像以上の激務で、異動したばかりの頃は本音を言えば少しだけ後悔していた。だけど、念願叶っての異動という事もあり、やっぱり戻りたいだなんて口が裂けても言えない。事情を全く知らない彼女から誤解されても仕方がないだろう。

杏子自身には生き生きとしている自覚はないが、そう見える理由に思い当たる節はあった。

予定外の外泊をしてしまったあの日、杏子がアパートへ帰ったのは夜遅い時間になってからだった。自宅に辿り着くまでに壮大な物語があったのだが、思い出すだけで悶絶しそうになるので割愛する。

別れ際にレイモンドから「いつでもおいで」と、一見すると短いプラスチックの棒のようなものを渡された。よくよく見ればホテルのロゴが入っていて、そこでようやく部屋の鍵を渡されたのだと気付いた。

どんな仕組みなのかという点にばかり意識が向いていて、何の躊躇いもなく受け取ってしまったが、事の重大さに気付いたのは翌日になってからだった。

一度受け取ったものを返すのは大いに気が引ける。ということで、なし崩し的に彼の部屋へいつでも入れてしまう権利を得て以来、出張している時は除いてほぼ毎日「今日は来られる?」というメッセージが届くようになってしまった。

最初の頃、さすがに平日は……と遠慮していた。しかしレイモンドの滞在しているホテルは杏子の職場から地下鉄に乗り、乗り換えなしでたったの十分という非常に魅力的な立地にある。自宅アパートからだと優に一時間は掛かる通勤時間が三分の一以下になるのだ。

とりあえず一度だけ、と着替えを持参して泊まってみたら、通勤の快適さに驚いてしまった。

しかも彼の部屋にあるベッドはとにかく寝心地が良いし、例のエスプレッソマシンもある。それだけではない。ドアを開けた先では、レイモンドがあの甘いマスクに満面の笑みを浮かべて待っていてくれる。お風呂上がりには必ず髪を乾かしてくれるし、朝食まで作ってくれるという、いたれりつくせりのおもてなしが待っているのである。

但し——代償として寝不足に陥ることも少なくないのだが。

それはさておき、今の沓子は美味しいものを食べさせてもらい、たっぷり甘やかされているのだ。あれだけ心身共に栄養を与えられたら、生き生きして見えるのは当然のことのように思えた。

優しい言葉を掛け続けると美しい花が咲くのと同じ仕組みだな、と密かに独りごちる。

「そういえば聞いてよー！　最近エリア分けが変わってさ、例のとこが担当じゃなくなっちゃったのぉー！」

すみれがビールジョッキをどん！　と荒々しくテーブルに置き、沓子はびくっと肩を揺らした。そのまま机に突っ伏しておいおいと泣く仕草に、周囲から無遠慮な視線が向けられている。

　すみれは確か、一年前から担当になった会社に好みの爽やか系イケメンがいると喜んでいた。顔を出すと必ず話し掛けてくれるから、そろそろ個人的な連絡先を聞き出そうと目論んでいた矢先の悲劇だったらしい。

「あー……それは残念だったね」

「でっしょー？　社内にはロクな男が残ってないんだから、出会いのチャンスは外にしかないっていうのにさぁ……」

　泣き真似を止めたすみれはブツブツと文句を言いながら揚げ出し豆腐をつついている。

「まぁまぁ、新しく担当になった所で出会いがあるんじゃないの？」

　杳子が無難な言葉で慰めるとジロリと睨み上げられた。

「ぜんっぜん心が籠もってなーい！」

「バレたか」

「ま、別に誰か紹介してくれるとかは期待しないけどさ……もうちょっと優しくしてくれたって良いと思うんだよなー」

　杳子が色恋沙汰に興味がないのは周知の事実で、そういう意味でも愚痴を言いやすいと思われているようだ。

「あー、いっそ頑張って重要顧客《プレミア》チームにでも異動しようかな。例の法律事務所とかだったらさ、玉の輿に乗れそうじゃん！」

「そっ……そう、だね」

社外での会話なのですみれもぼかして語ってはいるが、それがどこであるかはすぐに思い至った。

危うく口に含んだビールを吹きそうになる。慌てて飲み込み、またもや無難な回答をする杳子の背を冷や汗が伝った。

レイモンドとの関係は社内の人に打ち明ける訳にはいかない。唯一、先輩でありオルトナーの担当である森下にだけは伝えてあるものの、彼からもあまり大っぴらにはしない方が良いと言われていた。

やましいことをしているつもりは無いが、関係が知られれば妙な勘ぐりをする人が出てこないとも限らない。

その点に関しては杳子も同意していた。だけど、知人だった頃の気軽に出掛けられる間柄が少しだけ懐かしく思えてくる。

ビールを飲みながら密かに溜息をついていると不意に前方から手が伸びてきた。杳子は咄嗟に勢い良く身を引いてしまい、椅子がガタンと音を立てる。

「そんなにびっくりしないでよ。そこ、糸くず付いてる」

「あ……ほんとだ。ありがと」

今日の沓子はブルーグレーのニットとベージュのチノパンという装いをしている。すみれが取ろうとしてくれた黒い糸をV字の襟元から慎重に摘み上げ、おしぼりの入っていた袋へと仕舞った。

悩みの種は実はもう一つある。

鍵を渡されて以降、彼の部屋には沓子の物が爆発的に増えているのだ。

当然ながらそれらは沓子が持ち込んだのではない。レイモンドが「似合いそうだったから」と服や靴を黙って買ってしまうのだ。そんなに沢山買って来られても沓子の身体は一つしかない。事あるごとにもう買ってこないでくれと頼んでいるというのに、お得意の「思わず」で躱されてばかりいる。

今日着ている服もレイモンドが仕事用にと用意してくれた。手ぶらでいつでも泊まりに来られるようにという配慮らしいのだが、さすがに下着まで完璧に揃っているのを目の当たりにした時は「勝手にサイズを調べないで下さい！」と猛抗議した。どうもクリーニングに出す際にチェックされていたようだ。

レイモンドが用意してくれる服はどれも高級品ばかりなので、作業をする際に引っ掛けたりしないか冷や冷やしていた。最近はボトムに関しては諦め、トップスは会社の作業着をはおることで保護するという方法を取るようにしている。

そして、思わず伸びてきた手を避けてしまった理由。

ちょっとでも襟元を引っ張られてしまうと、少々——いや、相当恥ずかしいものを披露してしまう危険があったからだ。

痕を付けるのは構わないけど見えやすい場所は止めて欲しい、そう何度も伝えているというのに、やっぱり「思わず」の一言でスルーされてしまう。

とはいえ、昨夜に関しては杳子にも非があった。新しい製品カタログが刷り上がったので早速一部持ち帰り、いつもそうするようにページの隅から隅までじっくりと読み込んでいた。

そして例のごとく夢中になってしまい、レイモンドが風呂から上がってきたことに全く気付かなかったのだ。

はっと我に返ったのはそれから一時間後のこと。隣に座って雑誌を読んでいた彼へ慌てて謝ったものの、無言でにっこり微笑むなり寝室へと連行されてしまった。

お陰で今日は少々どころじゃなく寝不足である。

時々そんなハプニングも起こりはするが、レイモンドはどこまでも甘くて優しい。

顔を合わせれば「可愛い」と連呼され、メッセージには「愛してるよ」という言葉が必ず添えられる。

そして――ベッドの上ではそれらが嘘ではないことを、嫌というほど思い知らされていた。

昔から恋愛というものにさほど興味がなく、同世代の男子から同性の友人と同等に扱われることが多かった。唯一付き合ったことのある相手も、同じ学科の尊敬する先輩だから好きになれるかもしれないと思い、告白を受け入れただけ。結局は付き合う前と変わらない沓子の態度が気に入らなかったらしく、わずか半年で破局してしまった。

先輩から別れを告げられた時、自分は恋愛に向いていないのだと思い知った。だからこれからは大好きなものづくりに集中しようと就職活動を頑張り、憧れの企業への入社を果たしてからというもの、ひたすら仕事に没頭していた。

容姿が特に優れている訳でもないし、何か秀でるものを持っている訳でもない。単なる機械好きでしかないというのに、レイモンドはどうして沓子をそこまで気に入っているのかわからない。

その疑問が深入りを躊躇わせているのか、未だに彼への感情には名前が付けられないでいる。

容姿端麗で頭脳明晰、おまけに名門一家の出身でエリート弁護士。なのに、それらを鼻に掛けることはない。沓子の些細な仕事の悩みにも真剣に耳を傾け、的確なアドバイスもしてくれる。そしてとてつもなく甘い。

客観的に見ればこれほど完璧な恋人はいないだろう。

だけど沓子は、彼から向けられる愛情を何故か素直に受け取れないでいる。

気がつけば彼と出会って半年が経っていた――。

別路線に乗るすみれとは店の前で別れ、沓子は駅に向かって歩き始めた。

信号待ちのタイミングでスマホを見ると、案の定というか何というか、レイモンドからメッセージが届いていた。

同僚と飲みに行くことは伝えてある。終わったら電話が欲しいという内容を見て、沓子はそのまま通話ボタンをタップした。

「お疲れ様」

一コール目が鳴り終わるより先に柔らかな声がスマホから届く。信号が青になり、横断歩道を渡りながら「お疲れ様です」と返した。

「あの、どうかしましたか？」

何か急ぎの用事があっただろうか。確か来週は上海《シャンハイ》への出張が入っていると聞いていたが、もしかしてそれが早まったとか？

レイモンドがふっと小さく息を吐く音が聞こえ、再び柔らかな声が耳朶を打った。

「うん。どうしても杳子の声が聞きたくて」

「そ、う……ですか」

予想だにしていなかった発言に足が止まりかけた。

駄目だ、このままでは人にぶつかってしまう。歩道の端に寄って人の流れから抜けると杳子は密かに深呼吸をした。

携帯電話を始めとするモバイル回線の場合、実は本人の声そのものが届いている訳ではない。「コードブック」と呼ばれる声の辞書を基に作られた、本人に限りなく似せた合成音声なのだ。

頭ではちゃんと分かっているのに、それでも嬉しいと思ってしまう。そしてまた、スマホから聞こえる声に胸を高鳴らせている自分にも戸惑っていた。

「今日は来られそう？」

さすがに三日連続で泊まるのは気が引ける。それにレイモンドだって一人でゆっくり過ごす日が必要だろうと、真面目に帰宅するつもりでいた。

「えっと、あの……」

「会いたい」

言葉を遮るなんてレイモンドらしくない。返す言葉を失っていると、今度は深い溜息が聞こえてきた。

「ごめん。今日は面倒な仕事ばかりだったから、沓子の顔を見て癒やされたくて」

「じゃあ……今から向かいます」

気がついた時にはそう告げていた。

迷惑にならないのであれば遠慮する必要はないだろう。

それにこれは「恋人」としての役目でもあるのだと自分に言い聞かせ、再び駅に向かって歩き始めた。

◇◆◇

ハリオスの創業六十周年を記念した新製品のお披露目会は、盛況のうちに終了した。

訪問客の対応は営業の担当だが、沓子たち開発部は技術面の質問への対応や、会場で製品を設置する為にほぼ全員が駆り出されていた。

顧客からの反応も上々でメディア取材も多く入っており、近々ビジネス系の番組で会場の様子と新製品が放送されるらしい。

ようやく重責から解放された開発部は、会場近くにあるちょっとお高めのビストロを貸し切って打ち上げパーティーをすることになった。

いつもしかめっ面をして厳しい事ばかり言う課長も、気が緩んだのか陽気に笑っている。新機能を搭載するパーツ設計の責任者だった主任に至っては、普段のクールな様子から一変、時折涙を見せながら開発にどれだけの苦労があったかを熱く語っていた。

沓子は異動して一年に満たないから、この部署特有の団結した空気にはまだ馴染めていない。女性という点も遠慮されている部分だと感じてしまうのは、きっと穿った見方ではないはず。

「堀井さん」

「あっ、お疲れ様です」

立食のパーティー会場をうろついていると、開発部のトップである部長に話し掛けられた。沓子は慌ててオードブルを盛った皿を置き、ぺこりと頭を下げる。

「異動してきてどれくらい経つ？」

「九ヶ月目に入ります」

「そうか。いや、正直すぐに音を上げると思っていたけど……さすがだね」

「えっ？」

部長はビールグラスを片手に苦笑いを浮かべた。

社内全体の男女比率はほぼ半分だが、やはり技術系の部署となると八割以上が男性で占められている。しかもサービスサポートのような「個」の技量が重要視される部署からの異動は異例のことであり、あまりの文化の違いにすぐ音を上げてしまうのではないかと危惧していたそうだ。

「課長もね、思った以上に根性があるし気配りもできるから、とても助かっていると褒めていたよ」

「課長が……？」

沓子が記憶している限り、設計書の内容が雑だと注意されてばかりだったのに。それでも諦めず、過去のデータを参考に何度も作り直す程度には食い下がってきた。

——出来ないことを嘆くのではなく、まずは自分に何が出来るかを考えてごらん。

前の部署では頼られる存在だったのに、今は誰かに頼らないと何も進められない。あまりの役立たずぶりに落ち込んでいた時、レイモンドはそうアドバイスしてくれた。

そんな事で変わるだろうかと半信半疑だったが、いざ思考を切り替えてみたら想像していた以上に心が楽になったのを覚えている。

もしあの時、レイモンドからのアドバイスをもらっていなければ、もしかしたら杳子は開発部だけでなく、会社自体を辞めていたかもしれない。

「来年はまた新しいシリーズを出すつもりだから、これからもよろしく頼むよ」

「はいっ、精一杯頑張ります！」

部長は杳子の肩をぽんぽんと叩き、引き続き涙ながらに熱弁を振るっている主任の方へと歩いていった。


打ち上げもお開きになり、杳子は駅までの道を足早に進んでいた。

二次会へ誘われたが、丁重にお断りさせてもらった。上司もいないし、男同士で気兼ねなく飲みたいだろうと気を遣ったつもりだったが、意外にも食い下がられて内心驚いてしまった。

店を出た直後にレイモンドへは「今からお邪魔します」とメッセージを送っておいた。

頑張りを認めてもらえた喜びを、アドバイスをくれた彼に今すぐ伝えたい。不思議な高揚感に包まれ、杳子はスキップしそうになるのを我慢しながら人混みを縫うように歩いていた。

——と、不意に大きな建物の前で足を止める。

どうやらそこはホテルのようだ。一見オフィスビルのような無機質な外観だが、上の方にはガラス張りの大きなテラスとその奥には大きなシャンデリアが見えた。

エントランスには黒塗りの高級車が横付けされている。一瞬だけ見えたナンバーが何故か引っ掛かり、咄嗟に植え込みの隙間から様子を窺い見た。

車の脇に立っているのは、今ではすっかり顔なじみになった運転手。

そしてロビーの自動ドアが開いて姿を現したのは——。

レイモンドの仕事は機密事項が多いので、詳細を尋ねるようなことはしていない。今夜は確か会食だと言っていたはず。

その予定に嘘はなかった。

ただ、その相手をスマートな仕草で車に乗せた瞬間、杳子は思わず鞄の持ち手をぎゅっと強く握りしめた。

歳はレイモンドより少し上だろうか。妖艶な雰囲気を纏った日本人女性が、いつも杳子が座っている場所にゆったりと身を沈め、隣に乗り込んできた男と楽しそうにお喋りをしている。

仕事の関係者とはとても思えない親密さを目の当たりにした瞬間、杳子は踵を返して駅までの道を駆け出した。

　それから十分後――。

　自宅へ向かう方面の地下鉄の中でスマホが着信を知らせた。相手は見るまでもない。だけど、どう考えてもまだ「彼女」と車に乗っているはずの時間なのに、どうして電話を掛けてきているのだろう。

　疑問を抱きつつも電車では電話に出る訳にはいかない。そのまま放置していると今度は「今、どこにいるの？」というメッセージが送られてきた。

「すみません。家にある資料を持っていく必要があるのを思い出しました」

　咄嗟に考えた言い訳にしてはなかなか真実味が感じられる。沓子は送信完了を見届け、画面の電源を落としてから鞄へと滑り込ませた。もう限界。これ以上の会話はとてもできそうにない。

　トンネルに入り、車窓に自分の顔が映し出される。店を出る直前にしっかり直した化粧がいっそ滑稽に思えてきた。

　スマホがメッセージの着信を知らせてくる。しかし沓子はただひたすら窓に映った姿を睨みつけていた。

◇◆◇

杳子は鈍い頭痛を抱えながら通勤電車に揺られていた。

時刻は朝の八時ちょうど。そろそろ乗り換え駅に到着するというタイミングでスマホがメッセージの到着を知らせた。

あの打ち上げの日から一週間が経過している。結局、その間は一度もレイモンドとは顔を合わせていない。

研修センターへ行く、同期で集まることになった、社内資格の勉強会に参加してくる。そんな理由を付けて避けているうちに彼はシンガポールへと出張に行ってしまった。そして予定通りであれば、今日の夕方の便で帰国するはず。

いつものようにもみくちゃにされながら乗り換えを済ませ、再び乗った満員電車の中でメッセージを開いた。

予想通りの相手から、朝の挨拶と共に今夜は来られないかという内容に思わず溜息をつく。

杳子自身、この苛立ちの理由がよく分かっていなかった。

ただ一つ確かなのは、今レイモンドの顔を見てしまったら八つ当たりをするだろうということだけ。

件の美女との関係を詮索するつもりもないし、浮気をしていたとも思っていない。それなのに、どうしてこんなに腹が立っているのだろう。

考えを整理したくて距離を置いたのに、結局何も解決しないまま、ただ時間だけが過ぎていった。これは素直に打ち明けるべきだろうか。いや、だけどそれは……。

それに今日は高専時代の同級生が上京してきている。同じ学科、かつ同じロボコン部だった旧友との再会をずっと心待ちにしていたのだ。

結局問題を先送りすると決め、杳子は断りのメッセージを返してから会社の最寄り駅へと降り立った。


工業系の高専だから同級生も必然的に男性の割合が高くなる。

何の因果か、奇跡的にも五年間ずっと同じクラスだった大澤雅斗《おおさわまさと》は、地元にある音響部品メーカーでエンジニアをしている。

彼との関係を一言で説明すると「親友」が最も近いだろう。

異性でありながらお互いロマンチックな雰囲気には一切ならず、単なるクラスメイト兼部活仲間という関係が卒業まで続いた。杳子は恋愛に興味がない、かつ雅斗の好みのタイプからかけ離れていた、というのが大きな理由だったのだろう。

雅斗には念願の開発部への異動も決まった直後に報告をしたし、重要顧客であるレイモンドと付き合い始めたことも伝えてある。

その時は確か「あの噂、マジだったんだな……」というコメントと共にびっくり顔のスタンプが送られてきた。

同僚には相談できないし、同性の友人に言おうものなら自慢かと誤解されかねない。絶妙なタイミングで上京してくれた雅斗には、さすが親友！　と言いたい気分だった。

雅斗とは通勤の際に乗り換えるターミナル駅で待ち合わせた。駅からほど近い肉バルに案内すると、席に着くなりきょろきょろと興味深そうに店内を見回している。

「おぉ、すげーお洒落なとこじゃん」

「でしょ？　たまにはこういう所も良いかなと思ってさ」

「お前が探したの？」

「まさか。近くに住んでる人に教えてもらった」

雅斗は、だよな、と届いたばかりのビールジョッキを片手に笑った。

前回、雅斗が上京した時はうっかりチェーン店の居酒屋に連れて行ってしまい、もうちょっと考えろと文句を言われたのだ。だから今回はネットで評判の良い店を探し、近隣に住む同僚にも尋ねてこの店に予約を入れた。

お勧めはグリルミートの盛り合わせらしい、その他にサラダやらピクルスを頼むとお互いの近況報告へと移った。

「ロボコン部のみんなが大騒ぎしてたぞ。あの堀井がとんでもないイケメンと一緒に来ていて、しかも手を繋いでたから絶対に彼氏だろって」

「うわぁぁ……それも見られてたんだ」

思わず両手で顔を覆い隠すと、雅斗がぶはっと盛大に吹き出した。

最近は子ども向けのロボット教室なども人気があり、ロボコンの観戦チケットが入手困難になりつつある。沓子は出場校に割り当てられる招待券を譲ってもらったのだが、やはり今回も見事に満席だった。

あの日も会場はどこに行っても酷い混雑だったので、はぐれないようにと差し出された手を無意識のうちに取ってしまっていたらしい。

「お前の事だからそんなに心配はしてないけどさ……騙されてるってのはないよな？」

「うーん、多分」

「多分かよ！」

ピクルスをパリパリと齧りながら沓子はその可能性について検討してみる。

そもそも、杏子を騙したところでレイモンドには何の利益も発生しない。それに、彼ならいくらでも相手は選び放題だから、わざわざ面倒な取引先の人間を選んだりはしないだろう。

もしかすると、たまには変わり種を試してみたくなっただけかもしれない。ただ、それが理由だとすれば部屋の鍵を渡してくるという行動に矛盾を感じた。

「ま、話を聞く限り、向こうはべた惚れみたいだし、良いんじゃねーの？」

「べた惚れ？」

まさかのワードの出現に杏子が目を丸くすると、雅斗がはぁ……と大袈裟な溜息をついた。

「鈍感なのは相変わらずか。それマジで直した方がいいって。彼氏が可哀想だ」

「いや、分かってはいるんだけどさ……何ていうか、どうしてそこまで色々してくれるのかが、正直よくわかんないんだよね」

レイモンドから告白されて付き合うようになり、何度も身体を重ねた。

付き合いが深くなるにつれ、甘やかす度合いが高くなっている事だけでも戸惑いがあるというのに、遂に服や靴まで買い与えられてしまった。しかもそれは高級どころではないブランドのものばかりだ。

もしかするとレイモンドにしてみれば大した出費ではないのかもしれない。だけど杳子だってちゃんと働いて収入を得ている社会人だ。分不相応な物を身に着けるのは大いに気が引ける。

今まで誰にも打ち明けられなかったことを一気に吐き出すと、雅斗はうーんと腕を組んで難しい顔をした。

「堀井が一人で悩んでも答えは出ないだろ。彼氏に直接訊いた方が誤解を生まなくて済むと思うぞ」

「……そうだよね」

恋人になったばかりの頃は、どうすべきか分からないことがあれば遠慮せずに確認していた。フィードバックは大事だとあれほど知っているのに、いつからこんなにも臆病になってしまったのだろうか。

「はぁ……恋愛って難しいね」

「いいか。普通はな、そういう悩みってのは学生時代に経験するんだぞ」

「うるさいなぁ。興味なかったんだから仕方ないでしょっ！」

そうは言ったものの、確かに雅斗の言う通りだ。恋愛初心者が一人で悩んだところで解決するはずがない。

こうやって容赦なく指摘してくれる相手は実に貴重だ。ずっと胸に居座っていたもやもやを解消する道をようやく見つけ、沓子は厚めにカットされたローストビーフを口に運んだ。表面は香ばしいのに中心部分がほんのりピンク色で、噛む度にじゅわっと肉汁が溢れ出てくる。

「おっ、これ美味いなぁ！」

雅斗にも喜んでもらえたらしい。学生の時と変わらない旺盛な食欲を見せる姿を見ていたら、沈んでいた気分が少しだけ持ち直してきた。

「やっべ、もうこんな時間か！」

ついつい話し込んでしまい、気がつけば時刻は二十一時五十五分。

雅斗はすぐ近くのホテルに泊まっているらしい。慌ただしく帰り支度を整えると挨拶もそこそこ、店の前で解散となった。

雅斗の背中が人混みへと徐々に紛れていく。完全に見えなくなるまで見送ると、沓子はふっと溜息を零した。

明日にでもレイモンドに直接尋ねてみよう。その為にも今晩はゆっくりと、どういう流れで話をするべきかシミュレーションする必要がある。ついでに気持ちも落ち着かせなければならない。

そうと決まれば行動あるのみだ。

まずは約束を取り付けるべく、帰りの電車の中でメッセージを送ろうと決めた。駅へ戻るべく振り返った瞬間、沓子はその場で動きを止めた。

「え……」

数メートル先にあるガードレールに寄りかかっていた男が、整った顔に険しさを乗せて近付いてくる。思わず数歩後ずさったものの、素早く手首を掴まれてしまった。

ただでさえレイモンドは人目を引く容姿をしている。そんな彼が女性を強引に連れて歩いている姿に、すれ違う人々は何事かと振り返っていた。

「乗って」

半ば押し込むようにハイヤーへと乗せられ、シートベルトを締める間もなく発車する。景色の流れ始めた車窓から振り返れば、正面を向いたままの硬い横顔が視界に入った。

「あの、どうして……？」

一瞬GPS情報でも見られたのかと疑ったが、問うより先に思い出した。

レイモンドに乞われ、少し前にネット上のカレンダーにお互いの予定を登録した。

そこには当然今日のスケジュールが入っており、詳細には店のURLも貼ってあったはず。予約時刻さえわかれば、店から出てくる時間も当たりをつけるのはそう難しいことではない。

車内には重苦しい沈黙が流れている。何となく声を掛けるのが躊躇われて、手元に視線を落とした。

「彼が、同級生？」

不意に投げかけられた質問の意味がわからず、沓子はしばし沈黙した。

「そうですけど」

「ふぅん……なるほどね」

単なる感想にしてはやけに声が刺々しく聞こえる。更に質問が続くのかと思いきや、レイモンドはまた黙りこくってしまった。

少し待ってみたが相変わらずこちらを見ようとしない。すれ違う車のヘッドライトに照らされる美しい横顔を眺めているうちに、不意に思い至った。

スケジュールには「同級生と食事」と登録してあったはず。きっとレイモンドはその相手が女性だと勘違いしていたのだろう。

沓子の通っていた高専の男女比率は九対一。五十人のクラスで自分を除き、たった四人しか同性がいないという計算になる。彼女たちとの交流は卒業後も続いているものの、滅多に顔を合わせられない距離でそれぞれが暮らしている。

雅斗とは本当にただの友人だ。もしやましい気持ちがあるなら、店の情報まで載せておくような真似はしないというのに、どうして不機嫌になるのか理解ができない。

それを言ったらレイモンドだって……。

考えているうちに段々と腹が立ってきた。途中で降りてやろうかとも思ったが、さすがに道のど真ん中でそれをやるのは危険過ぎる。沓子に万が一の事があれば、きっとハイヤーの運転手が責任を問われてしまうだろう。無関係の彼をくだらない喧嘩に巻き込む訳にはいかない。

今夜は珍しく道が空いていたらしい。三十分足らずでホテルに横付けされ、先に降りたレイモンドから手を差し伸べられた。いくら美しくても、今はとてもそれを取る気にはなれない。沓子は無視して降り立つとそのままガラス扉へとずんずん歩き出した。

このまま駅までダッシュしてやろうかという考えが一瞬頭をよぎる。だが、主に足の長さという面で圧倒的に不利なことに気付いて断念した。

「い、たっ……」

追い抜きざまに右手を取られた。そのままエレベーターへと引っ張り込むように乗せられ、目的の階に着くとまた強引にドアの前まで連れて行かれる。いつもの紳士的で優しいレイモンドは鳴りを潜め、ほんの少しだけ恐怖を覚えた。

「きゃ……っ！　もう！　なんで……んんっ」

ロックが解除されたと同時にドアが開かれ、背中に添えられた手に押し込まれた。つんのめるようにして入るなり、今度は後ろから回ってきた手に引き寄せられる。ドアの内側に押し付けられ、抗議しようとした唇を塞がれた。

肩から鞄が滑り落ち、周囲に中身が散乱する。反射的に肩を押した両手があっさりと捕らえられ、顔の両脇に押さえつけられた。

習慣というのは本当に恐ろしい。ドアに磔にされているというのに、舌先で隙間をノックされるとついそれを迎え入れてしまった。

「ふぁっ……ん、んんん……」

久しぶりのキスが眠っていた官能を急激に引きずり出していく。息苦しさと相まって段々と足に力が入らなくなってきた。ドアに背を預けたままずるずると落ちていきそうになった身体が乱暴に抱え上げられる。

向かった先は寝室——ではなく、リビング。傍らにはトランクが手付かずの状態で置かれている。どうやら空港から一度戻ってきてすぐに沓子を迎えに出たようだ。

ソファーに座ったレイモンドの膝を跨ぎ、向かい合わせにされる。両手で頬を挟まれ、真正面から見た美貌は疲労とはまた別の翳りが差しているように見えた。

「無理に連れてきたことは……悪いと思ってる」

さっきまでの強引な態度から一変し、レイモンドは綺麗な顔をくしゃりと歪める。沓子はただそれを黙って見つめていた。

「沓子が忙しいのは分かっている。でも……少しでいいから会いたくて、我慢ができなかった。それに、同級生が男性だとは思わなくて、ついカッとなってしまったんだ」

沓子の予想は見事に的中していたらしい。

同級生が男性であると伝えなかった点に関しては、百歩譲って沓子の配慮不足だったのかもしれない。だけど勝手に逆上した挙げ句、こちらの都合にはお構いなしで連れ帰られるのは非常に迷惑だ。せっかく心と身体の準備をしてから会いに来ようと思っていたのに、全部台無しじゃないか。

「寂しかったら、他の人と会えばいいじゃないですか」

「え？」

低い声で紡がれた言葉にレイモンドが驚きの表情を浮かべた。だけど、一番驚いたのはそれを口にした沓子自身だった。

違う、こんな恨みがましいことを言いたい訳じゃない。

もっと冷静に、建設的な話し合いをしなくては……。

「きっとレイモンドさんが誘ったら、誰でも喜んで付き合ってくれますよ」

「急に何を言い出すの？　僕は杳子に会いたかったんだ。誰でも良かった訳じゃない」

頬に添えられた手にぐっと力が籠められる。強引に上を向かされたが、目は絶対に合わせたくない。唇を引き結び、視線を横にずらして黙り込んだ。

ちゃんと謝ってくれたのに、会いたいと言ってくれたのに、それを嬉しいと思っているのに、どうして素直に喜べないんだろう。

「杳子……何かあった？」

優しい声で名を呼ばれた瞬間、ぼろぼろと涙が零れてきた。

「杳子？」

酷いことを言ったのに、レイモンドは怒るどころか心配してくれている。

謝りたいのにうまく言葉が出てこない。嬉しさと情けなさ、そして申し訳なさが頭の中でぐるぐると渦を巻き、それが涙となって止めどなく溢れてきた。

「ふっ、うっ……ひっく」

「大丈夫だから。落ち着いて……」

後頭部を引き寄せられ、すっぽりと抱き込まれた。とん、とん、と背中を優しく叩いて昂ぶった精神を鎮めるのを手助けしてくれる。

そのリズムに意識を集中していると、しばらくしてしゃくりあげていたのが収まってきた。のろのろと身を起こすと顔を押し付けていた部分がぐっしょりと濡れていた。

「スーツ……汚しちゃってごめんなさい」

「気にしないでいいよ。むしろ貴重品になったかも」

「……ちゃんとクリーニングに出して下さい」

わかったよ、と返ってきたものの、本心かどうかは疑わしい。じとっとした眼差しを向ければ、甘い笑みを浮かべて頬に残った涙を拭われてしまった。

「それと、急に泣いたりして……ごめんなさい」

さっきの肉バルで結構ビールを飲んでしまったこともあり、情緒不安定になっているのは確かだった。とはいえ、まさか大泣きするとは自分でも思わなくて今になって恥ずかしくなってくる。

「僕が何か、杳子が不安になるようなことを言ってしまった？」

「違います……その、私が勝手に抱え込んでいただけで、レイモンドさんは何も悪くありません」

「でも、君にそうさせた何かがあったんだよね」

あまりにも鋭い指摘に杳子はうっと言葉を詰まらせた。当然それを敏腕弁護士が見逃すはずがない。額を合わせ、ヘーゼルの瞳がじっと覗き込んでくる。

「ねぇ沓子、教えて？」

とろりと甘い声で、囁くようにお願いされて拒否できる人は存在するのだろうか。

それ反則です……！　と心の中で叫んでみたものの、沓子が敵う相手ではない。結局はレイモンドの穏やかな、しかし容赦のない尋問によって、美女との逢瀬を目撃した件を打ち明けてしまった。

「なんだ。近くにいたのなら声を掛けてくれたら良かったのに」

「そうなんですか？」

「あの人はね、母の妹。つまりは僕の叔母だよ。沓子の話をしたら是非会いたいって言ってたんだ」

「お母様の妹さん、にしては若く見えましたけど……」

沓子は知らなかったが、どうやら彼女は美容業界では有名人らしい。

美女じゃなくて美魔女だったのか……と思わず呟くと、目の前でレイモンドがくすっと小さく笑った。

「昔から年齢不詳な人だったからね、確かに魔女かも」

「えっ？　あ、すみません。悪い意味ではないんです。むしろ凄いなぁって」

「分かってるよ」

あれだけバッチリなメイクをされていたら、さすがに親戚かどうかわからない。

やはり素直に尋ねるべきだったと反省していると、レイモンドが耳元に唇を寄せて囁いてきた。

「もしかして……嫉妬してくれたの？」

「ちがっ……！」

反射的に否定の言葉が出かかる。しかしそれを途中で飲み込み、しゅんと視線を下へと向けた。

「……く、ないです」

エキゾチックな風味が程よくミックスされた美男子の隣を、極々平凡な顔立ちの女が歩いている。あまりの違和感についつい見つめてしまうのは仕方ないと、いつも自分に言い聞かせていた。向けられる視線や態度にはいい加減慣れてはきたものの、だからといって平気になった訳ではない。

だけど、いざ美女と連れ立って歩く姿を目の当たりにして、残酷な事実を嫌というほど思い知らされたのだ。

「だって、すごくお似合いに見えました。やっぱり私じゃ釣り合いが取れていないんだって、思って……」

「杏子は十分に可愛いよ」

「だから、それは……」

「『僕が』可愛いと思ってる。それだけでは駄目かな?」

美醜の基準や好みは人それぞれ。これ以上は何を言っても平行線を辿るだけ。建設的ではない会話は時間の無駄だと無理やり思考を切り替える。

そうだ。予定が狂ったお陰で忘れていたが、レイモンドに訊かなければならないことがあったんだ。

どう切り出すべきだろうか。良い言葉が見つからずに視線を彷徨わせているとレイモンドが察してくれたらしい。何かを言い掛けては止める杏子の腰に腕を回し、辛抱強く待ってくれた。

「あ、あの……」

「うん」

考えれば考えるほど頭が混乱してくる。

さすがに待たせすぎではないかという焦りが徐々に強くなってきた。

結果、するっと最大の疑問が口から滑り落ちる。

「私のどこが好きですか？」

言ってしまった瞬間、ぶわっと顔が熱くなった。

主旨は間違ってはいないけど、この訊き方はさすがにどうなんだ。レイモンドが口を開き掛けたのを大慌てで遮った。

「いやっ、あのっ、そういう意味ではなくて！　えっと、私はその、別に綺麗でもないし英語も全然できないのに、どうしてレイモンドさんがここまでしてくれるのかが……よくわからなくて」

「それは、迷惑だということ？」

「迷惑だとは思っていません。何というか……私のどこに、大事にしてもらえる価値があるのかが純粋に疑問なんです」

嫌だとは思っていないけれど困惑しているし、最近では遂にそれが恐縮へと変わりつつあった。

ようやく正確に伝えられたとほっと肩から力が抜ける。レイモンドは答えを待つ沓子をじっと見つめると、少し厚めの唇を開いた。

「前にも伝えてあるはずだよ？　沓子は僕の最悪な日に舞い降りてきた天使だって」

「ですからっ、それはたまたまじゃないですか！」

「そうだね。確かに僕と杳子の出会いは偶然だった」

初めて出会った日のことを思い出したのか、目の前にある美貌がふっと柔らかな笑みを浮かべた。

トラブルが続いたレイモンドがたった一人で仕事をしていなければ、そして複合機を使わなければあの故障は起こらなかった。

そして本来の担当が全滅していて、たまたま会社に残っていた元サポートの杳子が急遽対応に向かった。

どれか一つでも条件が欠けていたら、単なる機械好きである杳子がエリート弁護士の膝に乗せられる日など来なかっただろう。

「その偶然の出会いを、僕は運命だと思ったんだ」

腰に回された腕に力が籠もり、再び胸元に引き寄せられた。滑らかな生地の感触が火照った頬を優しく撫でていく。

「でもそれは、確率が低いというだけで、その……」

我ながら可愛くないとは思いつつ、つい杳子は反論してしまう。

「うん。限りなく低い確率で僕たちは出会った。それを運命と言うんじゃないのかな？少なくとも僕はあの時そう感じたし、今でも思ってるよ」

レイモンドからさらりと切り返されてしまい、沓子は遂に黙り込んでしまった。

限りなく低い確率が——運命。

言われてみればそうかもしれない。

思案に暮れる沓子の首元をすうっと指がなぞった。

「僕はあの時からずっと沓子が欲しかった。やっとの思いで恋人の席に座らせてもらえたからね。こう見えて、今でも逃げられてしまわないかって毎日心配しているんだ」

「そんな……」

例の逢引現場を目撃して以来、何となくレイモンドが買ってくれた衣類を着るのを避けていた。だから今日着ている服は全て沓子が自分で買ったもの。そんな中で唯一、三日月のネックレスだけはどうしても外せなかった。

く、と鎖を軽く引っ張られ、その力に抗うことなく顎を上げる。

唇に優しいキスを受け、目頭がまた熱くなってきた。

「服を買ったのはね、僕が与えたもので包んでおけば、徐々に内側まで染み込んでくれるかもって期待してるからだよ」

一瞬頭の中を浸透圧の仕組みがよぎったが、今はそういう話をしている訳ではない。素直に喜べばいいというのに、ロマンチックとは程遠い自分の思考が嫌になってきた。

腰に回された手が背中を思わせぶりに撫でてくる。思わず息を詰めた沓子の首筋に綺麗な顔が埋められた。

「や、くすぐったい……ですっ」

「今日の沓子は、すごく美味しそうな匂いがする……」

耳元ですんすんと鼻を鳴らされて、ようやく沓子は自分が肉を焼いた煙を纏っていることに気がついた。

「ちょっと、待って……や、あ……っ！」

当然ながらこんがり焼けているのは沓子ではない。首筋にかぷりと噛みつかれて堪らず声を上げる。身を捩って逃れようとしても拘束は更に強まるだけだった。

「はぁ……沓子が足りなくて死ぬかと思った」

「人を栄養素みたいに言わないで下さいっ！」

「そうだよ。沓子は大事な心の栄養。無くなったら、僕はきっと生きていけない」

切なげな声で囁かれ、胸がぎゅっと締め付けられる。

やっぱりレイモンドの気持ちは理解できないし、この先もできる気がしない。

それでもただ一つだけわかっているのは——求められて嬉しい、という事。

沓子が目の前の身体に腕を回した瞬間、ふわりと抱き上げられた。

十日ぶりに入った寝室はどこか懐かしさを覚える。ベッドの端に腰掛けるように座らされ、レイモンドが何の躊躇いもなく足元に跪いた。

「あの、シャワーあび……」

「後でね」

慣れた手付きでスニーカーを脱がされて、杳子はにわかに焦り始める。

今日は遂に部署のキャビネットがいっぱいになってしまい、古いものをスキャンしてから廃棄する作業に追われていた。分厚いファイルを大量に運んだので汗をかいている。その上、お肉をローストした煙をたっぷり浴びているのだ。杳子の申し出はごく正当な理由で権利を主張しているというのに、レイモンドから眩い笑顔と共に却下された。

「そんなに浴びたいなら、一緒に入る？」

「いやっ、それは……」

じゃあダメ、と囁いた唇がそっと重ねられ、すぐに肉厚の舌が入り込んでくる。

先ほどの荒々しいものとは全く別の、口内をねっとりと弄られるようなキスに段々と頭がぼうっとしてくる。強いアルコールを飲み込んだ時に似た痺れが全身を駆け抜けていった。

「やっと、僕の大事な天使に会えた……」

「レイモンド、さん……」

切なげな囁きにまた涙が出そうになってきた。

後悔のあまり、唇をきつく噛みしめる。そこを長い指がすうっと撫でて力を抜くよう促してくれる。

杳子は肩に触れた手に導かれるまま、上半身をベッドに沈めた。レイモンドは覆いかぶさるなり深いキスを再開する。必死でそれに応えるうちに、気がつけばブラウスのボタンが全て開けられていた。

脇から滑り込んだ手が背に回り、ぷつんとホックが外された。緩められたブラは素早く押し上げられる。

「やっ、あ……んっ……」

胸を外側から掬い上げるように摑まれ、杳子は身を震わせる。

いつもより少し雑な手付きが彼の渇望を物語っているようで、ぐにぐにと揉みしだかれるとお腹の奥から熱いものがこみあげてきた。

「杳子の全部が、見たい……」

レイモンドが耳元で囁くなり杳子の背を浮き上がらせ、肌を隠しているものを次々と剝ぎ取っていく。その間も絶えず交わされる口付けに、杳子は抵抗する力をすっかり奪われていた。

しゅる、という衣擦れの音がすぐ近くで響き、沓子は目を開ける。早くもぼんやりしてきた視界の中で、長い指がネクタイに掛かるなり乱暴な手付きで解かれるところだった。

「とう、こ……?」

気がつけばジャケットへと手が伸びていた。留められている二つのボタンを外し終えると、今度はベストのボタンへと取り掛かる。ジャケットより少し小さかったが、細かい部品を日頃から扱っているから大して苦にはならなかった。

「脱がせてくれるの?」

「ん……。私ばっかり、不公平、です……」

沓子は丸裸だというのに、レイモンドは三つ揃いのスーツをきっちり着たまま。フェアじゃないにも程がある。最後の難関であるワイシャツと格闘し始めた沓子だが、再び不埒な動きを始めた手のせいでうまく外せない。

「もっ……邪魔、しないで……っ、下さい。やっ、んんっ!」

胸の弾力を確かめるような手付きに沓子は身を震わせる。ボタンの厚みに対してホールはギリギリ通る大きさに作られているから、少しでもずれてしまうと外せないのだ。

これ、絶対に設計不良……!

心の声が漏れ出ていたらしい。額に押しあてられた唇からくすっと笑みが零れた。

「ほら、早く外さないとずっとこのままだよ？」

「きゃうっ！　だからっ、それ……やっ！」

つんと尖った先端をくすぐられ、沓子が身を震わせる。その拍子に半分ほどまで進んだシャツを握りしめると逞しい胸筋が顕になった。

「そんなに見たかったんだね」

「ちがっ、い……ますっ、やっ、あ……っ」

「沓子は本当に可愛い……」

ゆるりと弧を描いた唇が鎖骨の下に押し当てられる。そこに走る小さな痛みと、徐々に集まってくる熱はもう何度も経験しているもの。今まではこの徴が刻まれる度、戸惑いが大きかったのに、今は嬉しい気持ちの方が勝っている気がした。

結局、残りのボタンはレイモンドが自らの手で外してしまった。カチャカチャという金属音の後に衣擦れの音が聞こえてくる。そして、しばらくしてぎしりとベッドが揺れ、優しく抱き締められた。

「んん……っ」

お腹に触れたレイモンドの指先が身体の内側へと沈められる。動かす度に粘度の高い水音が上がり、沓子はきゅっと唇を噛み締めた。

「ごめんね、今日は優しく出来ないかもしれない」

「大丈夫、です……」

すぐさま指が増やされ、いつもより激しく抜き挿しされる。急激に高められていく熱に置いていかれないよう、沓子は膨らみに所有の証を刻むレイモンドへとしがみついた。

「ふぁ……っ、あ……っ、もう……ダメぇ…………ッッ!!」

「いいよ。沓子のイッてる顔を見せて」

ようやく胸から唇を離し、レイモンドが頭を起こす。乱れた焦げ茶色の髪の合間から覗く瞳は妖しげな光を湛えていた。

ぐちゅぐちゅと泡立つような音が一層激しくなる。ぷくりと膨れた秘豆を摘まれた瞬間、頭の先から爪先まで電流が駆け抜けていった。

ぼんやりと見上げた天井にはあるはずのない光が点滅している。四肢を投げ出してぐったりしている沓子の上に、思わず触れてみたくなるような肉体が覆いかぶさってきた。

「あ、まっ……て、まだ……っ、やあああっっっ!!」

腰をしっかりと掴まれ、ひと息で奥まで突き入れられた。まだ絶頂の痙攣が残る肉筒が一気に広げられ、侵入してきたモノを激しく締め付ける。沓子は久しぶりに経験した衝撃に背中を弓なりにしならせた。ベッドとの隙間ができた場所に腕が入り込み、強く抱きしめられる。

「杳子……愛してる」

搔き抱かれながら囁かれた愛の言葉が胸へすうっと染み込んでくる。そこから湧き上がってくる喜びに全身に震えが走った。

こんなに言葉と態度で想いを伝えてくれる人に、杳子には渡せるものが何もない。

でも何か返したい。一体どうすれば……?

背中に回した腕に精一杯力を籠める。汗ばんだ肌がぴったり重なる感触が心地いい。

「私も、好き……です」

「え?」

「だから、その、レイモンドさんのことが……好き」

気がついた時には勝手に口が動いていた。

その告白に杳子自身が驚いてしまった。しかし言葉にしたことで、胸のつかえがすっと消えていく。

いつからかなんてわからない。

ずっと前からかもしれないし、つい最近かもしれない。

認める勇気が無くて、気付かないふりをしていた気持ちをようやく言葉にすることが出来た。

「……な、にっ？」

ひゅっと息を飲む音が聞こえたと同時に身体を引き上げられた。ソファーに座っていた時と同じ体勢にされ、体重の分だけ身体が沈んで更に繋がりが深くなる。

「レ、イ……っ、あ……そん、っな、とこま、で…………！」

一番奥だと思っていた場所の、更に奥へと切っ先が進んでくる。身体の中心をこじ開けられるような感覚に恐怖を覚えて腰が浮き上がりそうになる。

「もっと沓子と……深く繋がりたい」

ぽろりと零れた涙を拭い、許しを請うような切ない声でレイモンドが囁く。

沓子は唇を震わせながら頷いて力を抜こうとしたが、どうしてもうまくいかない。首に抱きつきながら何度も試みる太腿に温かな手のひらが添えられた。

「あ、あぁ……っ」

膝の方から優しく撫で上げてくる熱に促され、ゆっくりと腰を落としていく。極限までレイモンドを飲み込んだ沓子が、は……と熱い吐息を零した。

「早く僕の形を覚えてね。そして……」

――僕なしじゃいられない身体になって？

嫣然とした眼差しと共に紡がれた言葉に、胸の奥が激しく揺さぶられる。それは恐怖なのか喜びなのか、それとも両方だろうか。

ベッドの弾力を借りて何度も最奥を抉られるように揺らされる。その度に身体の中で小さな爆発が起こり、徐々に沓子の口からは意味をなさない音だけが発されるようになってきた。

「ひっ、あっ……や…………あああ――――ッッ!!」

「沓子、とう、こ…………っ！」

一際強く押し付けられた衝撃で高みへと昇りつめた。目の前では極彩色の閃光がいくつも弾け飛んでいる。

今までと比べ物にならないほど深く、そして激しく達した身体はなかなか痙攣が止まらない。ガクガクと揺れる身体をレイモンドが優しく包み込んでくれた。

「大丈夫？　怖かった？」

「すこ、し……」

身体がバラバラに弾け飛んでいきそうな感覚には未だに慣れない。

レイモンドが労るように背中を撫でてくれる。頭を肩に預けて呼吸を整えていると、剝

き出しになった首筋に唇が押し当てられた。

「んんっ……」

「ねぇ、杳子。そろそろ敬語を止めて欲しいな」

「でも、レイモンドさんは年上ですし……」

高専時代もそうだったが、ハリオスは上下関係に厳しい社風なのだ。

杳子のような場合、開発部にいる社員は全員が先輩なので、年下であろうと必ず敬語で話すように心掛けている。

レイモンドは出会いが客としてだったというのもあり、ずっと話し方を変えずにいたのだが、どうやらそれが不満だったらしい。

「僕たちは恋人だよ？　距離があるみたいで寂しい」

「う……、努力、します」

ほらまた、と少し呆れた声で囁くと今度は耳たぶをかぷりと噛まれた。

「それから『さん』付けも」

「えぇ……」

「いっその事、『レイ』って呼んで。家族や親しい友人はみんなそうだから」

敬語を止めるだけでもなかなか大変だというのに、更に呼び方まで愛称に変えろとは。

確かに七文字から二文字への短縮は魅力的だが、越えるハードルがあまりにも高すぎる。

「徐々に頑張りま……頑張る」

「ね、もう一度『好き』って言って?」

甘え声でねだられ、ぶわっと顔が熱くなる。あれは閨の睦言だから言えた訳で……などという言い逃れは当然許されるはずがない。

耳元で「お願い」と囁かれた。レイモンドはこう見えて頑固なのだ。きっと言うまで離さないつもりだろう。

「レイ……が、す……好き」

とても顔を見てなんて言えそうもない。裸の胸に顔を埋め、蚊の鳴くような声で告げるのが精一杯だった。

必死の思いで紡いだ言葉に、額を押し当てた場所からどくりと大きな鼓動が返される。抱きしめる腕に更に力が入れられ――飲み込んだままのものが勢いを取り戻した。

「や、あっ……おっき、く、しな…………あああっ!」

「杳子、愛してる……!」

目を潤ませ、感極まったらしきレイモンドにがばりと組み伏せられた。ずるりと入口付近まで引き抜かれた肉竿が再び強く押し込まれる。

最奥を何度も犯され、沓子はただひたすら与えられる快楽に咽び泣く存在へと堕ちていった。


「この人です」

沓子がスマホから画像を呼び出すと、頭上から小さな溜息が降ってきた。

横向きに寝転び、親友である雅斗の写真を背後にぴったり寄り添ったレイモンドに見せていた。

「出張中は二十二時に必ずビデオ通話をするって約束があるんです」

「なるほど。だからあんなに急いでいたんだね」

それは、ちょうど一年前にあった結婚式で撮られたもの。

昔ながらの金屏風が立てられた高砂席で、紋付袴姿の雅斗が鮮やかな色打掛を纏った花嫁と顔を寄せ合い、満面の笑みを浮かべている。

「もう少しで赤ちゃんが生まれるので、今年は研修に参加する時期を頑張って早めたそうです」

職場結婚だったので雅斗の妻と顔を合わせたのは数えるほどだが、個別にSNSで連絡を取り合う仲である。今夜雅斗と会う事も勿論伝えてあるし、それに対して「沓子さんとだったら安心です」というメッセージまで来ている。

雅斗との関係は何も隠し立てするようなことはないから、それらも全部レイモンドに見せる事にした。

これで誤解は解けたとほっとしたのも束の間、親友夫婦の仲睦まじい様子が送られてきた際のお約束である「リア充爆発しろ」というコメントの意味を尋ねられてしまった。

「じゃあ、今度は僕たちに言ってもらおうね」

しどろもどろで説明したというのに、何故かレイモンドは嬉しそうにそう宣言した。

第四章　予想外の未来

遠くでドアが開く音が聞こえ、沓子は慌てて立ち上がった。

しまった。もう少しで着くと連絡が入っていたのに、いつの間にか会社から持ってきた雑誌を読むのに夢中になっていたらしい。

大急ぎでリビングのドアを開けると、アタッシュケースを提げたレイモンドがネクタイを緩めながらふっと微笑んだ。

「ただいま」

「おかえりなさい。お仕事お疲れ様」

レイモンドからの熱心な勧めもあり、沓子は遂に平日はレイモンドの部屋から出勤するようになっていた。

但し、郵便物などの確認も兼ねて必ず週に一度は自宅に帰る。そしてレイモンドが出張中は泊まらない。そんなルールを自らに課していた。

片手で引き寄せられると、額に押し当てられた唇が「会いたかったよ」と囁く。今朝も会ったばかりなのに、と可愛くない事をつい言いそうになるのを堪え、沓子はきゅっと強めに抱きついた。

「何をしていたの？」

レイモンドの問いに沓子はソファーへ放り出したままの雑誌を取り上げた。付箋が貼られているページを開くと喜々として説明を始める。

「ほら、これ。ハリオス《うち》の新商品が特集されてるの！」

別のチームの開発した製品ではあるが、専門誌で紹介してもらえるのは嬉しい。

「徹底解剖！」という見出しが躍る記事をレイモンドがじっと見つめている。その瞳にどこか翳りがあるように見えるのは、彼が疲れているからだろうか。

「……沓子は本当に仕事が好きなんだね」

「えっ？　うん、そうだね」

今更なにを言い出すのか、と思いながらも沓子は頷いた。

そもそも出会いからしてそうなのを忘れてしまったのだろうか。

あの日、沓子が張り切って修理をしたからこそ、レイモンドがその姿を気に入ってくれたというのに。

首を傾げたまま見上げれば、額へと再びキスが落とされた。

「着替えてシャワー浴びてくるよ」

「うん、行ってらっしゃい」

「戻ってきたら……沢山癒やして欲しいな」

思わせぶりに耳元で囁かれ、沓子はひくんと身体を揺らす。それ以上は言われなくたってわかる。レイモンドは艶めいた笑みを残し、リビングから出ていった。

その背を見送り、沓子は缶に残っていたビールを飲み干す。

最近、レイモンドの忙しさは増すばかり。帰宅が深夜に及ぶ日も増えてきて、休日でも時折ノートパソコンを前に難しい顔をしている。

沓子が邪魔ではないかと気にすると、構わない、むしろ傍にいて欲しいと返される。

美麗な恋人に癒やしアイテム認定されてしまった。そうなると、多忙を極める彼を癒やすべく、この部屋を訪れる頻度も高くなっていた。

徐々に沓子が持ち込んだ私物も増えてきた。

このままではどちらが自宅かわからないな、と密かに苦笑いする。

気がつけば、初めての出会いから九ヶ月が経とうとしていた。

翌朝、沓子は遅刻寸前でオフィスに転がり込んだ。

「お、はよう……ございます」

「おはよう。寝坊でもしたの？」

そんなところです、と曖昧に返すと椅子に身を投げるようにして座った。

今日からレイモンドは十日間の日程でイギリスへ一時帰国する。

日程は以前から聞いていたので空港まで見送りに行きたかったが、残念ながら外せない会議が入ってしまった。

だから昨夜は帰りが遅いと分かった上で部屋に泊まり、しばしの別れを惜しんだ。沓子としてはそれで十分だろうと思っていたのに、ただでさえ仕事で疲れていたレイモンドはそれだけでは足りなかったらしい。

設計用のソフトが起動する頃になってようやく呼吸が落ち着いてきた。

その途端、どっと疲労と眠気が襲いかかってくる。ついでに身体のあちこちが痛い。

始業から十分しか経っていないのに、これは非常にまずい。

沓子はとりあえず濃いめのコーヒーを調達すべく、欠伸を噛み殺しながら立ち上がった。

◇◆◇

「堀井さん、『日工《にっこう》マガジン』持っていってる？」

「あっ、はい！　すみません、あの……自宅にあります」

レイモンドがイギリスへ戻ってから今日で三日目。

同僚からの質問に内心しまったと焦る。

レイモンドの部屋で読んでいたが、うっかりリビングに置いてきてしまった。どうしてすぐ鞄に仕舞わなかったのかと悔やんだが、今更それを言っても仕方がない。

「そっか。急ぎじゃないけど、読み終わったら俺に貸して」

「大丈夫です。週明けにお渡しします」

急がなくていいと言われたものの、流石にレイモンドが戻ってくるまで待つ訳にはいかないだろう。もう読み終わっているから帰りにホテルに寄って回収してこよう。

今の時刻は十七時。イギリスは朝の八時だと計算するのはすっかり慣れてしまった。

ちょうど届いた「おはよう」というメッセージに手を振る絵文字を返し、沓子はふっと息を吐いてから仕事に集中した。

レイモンドの滞在する五つ星ホテルには、レジデンシャルルーム専用のフロアがある。エレベーターで上がったすぐ前にはコンシェルジュカウンターがあり、そこで食材の調達やクリーニングといった日常における諸々を手配してくれるのだ。

「堀井様、お帰りなさいませ」

「こんばんは」

契約している訳でもないのに「お帰りなさいませ」と言われるのは未だに慣れない。

今ではすっかり顔なじみになったコンシェルジュが笑顔で迎えてくれた。

「あっ、今日は忘れ物を取りに来ただけですのですぐに帰ります」

「左様でございますか。先日は随分とお急ぎのようでしたので、私どもも少々心配しておりました」

「……お騒がせしてすみませんでした」

どんな些細なことであっても客の情報は共有する。それが彼らにとって大事な仕事だと分かっていてもやっぱり少し気恥ずかしい。杳子は軽く頭を下げてから目的の扉へと向かった。

雑誌は当然捨てられることなくマガジンラックへと収められていた。杳子は他に忘れ物がないか、念の為に一通り回って確認をしてから部屋を後にした。

「すみません。お邪魔しました」

帰りがけに声を掛けると、沓子と同年代と思しき彼が上品に微笑む。そしてふと何かを思い出したかのような表情へと変わった。

「そういえば、エルフィンストーン様は一時帰国なさっているそうですね」

「はい。帰ってくるのは来週の金曜日です」

「いよいよ帰国の準備に入られるのでしょうか。寂しくなります」

「………そう、ですね」

どくん、と心臓が嫌な音を立てた。

沓子は引きつりそうになる頬を渾身の力を振り絞って引き上げ、不格好ながら何とか笑顔を作る。そしてさり気なく口元に手を遣ってから小首を傾げた。

「ええっと、お部屋の契約っていつまででしたっけ?」

そう簡単に顧客の情報を教えてくれない彼らだが、沓子はレイモンドのパートナーとして認識されているはず。

聞いていたのにうっかり忘れてしまった、そんな風を装えばコンシェルジュの彼は上手く騙されてくれたようだ。

「五月いっぱいまでご契約いただいております」

「あぁ……そうでしたね」

手の震えに気付かれていない事を祈りつつ、お礼を言ってそそくさと退散した。

エレベーターに乗ってロビーを横切り、最寄りの駅まで足早に向かう。そして帰宅ラッシュの余波が残る電車に揺られて、気がつけば自宅まで辿り着いていた。

アパートのドアを開け、入るなりぺたりと座りこんだ。

今は二月の終わりだから、残された期間は約三ヶ月。

コンシェルジュは確かに「五月までの契約」と言った。五月といえば、まさに沓子がレイモンドに出会った時期。つまりあの部屋は一年の契約が結ばれていたのだ。

彼の口ぶりからするに契約の延長はされていない。

それが意味するのは——レイモンドの正式な帰国に間違いないだろう。

「ど……して…………」

冷え切った廊下に答える相手のいない問いが浮かぶ。

どうして、レイモンドは教えてくれなかったのか。

どうして、自分も尋ねようとしなかったのか。

こんな関係になるとは想像していなかった頃、森下からも彼はある案件の為にわざわざ来日したと聞いていたではないか。

それはつまり、案件が終われば元いた場所に戻るという事。

わかっていたはずなのに、すっかり忘れていた。

いや――無意識のうちに忘れたふりをしていたのだ。

真っ暗な玄関に短い振動音が響いた。

沓子はコートのポケットからスマホを取り出し、ロックを解除する。新着メッセージの通知をタップすると、一枚の画像が表示された。

尖った時計台が空を貫かんばかりに聳え立っている写真。沓子でも知っているロンドンの名所の近くにいるレイモンドは今、一体何を思っているのだろうか。

「今日はとても寒いけど、珍しくいい天気だよ」

沓子の置かれた状況など知る由もない、ごくごく平和なメッセージを虚ろな眼差しで見つめる。

そして何もメッセージを返すことなく、再び画面をロックした。

◇◆◇

電話で話す勇気はとてもじゃないが出てこない。

杳子は悩んだ挙げ句、風邪をひいた——ということにして週末を乗り切った。

熱はそれほど高くないが、喉が腫れている。声が嗄れているから電話には出られない。

ごめんね、という短いメッセージを打つのに酷く時間が掛かってしまった。

レイモンドはそれをランチタイムに見たのだろう。夜になってから心配するメッセージが続々と届いてきた。

ベッドに寝転がりながら一通り眺め、「ありがとう。今日はもう寝るね」とだけ返して画面を閉じた。

当然ながらそれは嘘で、杳子は衝撃の事実を知ったあの日からほとんど眠れていなかった。何度も寝返りを打ち、ようやく眠気が訪れたかと思いきや、すぐに目が覚めてしまうというのを繰り返している。

未だに涙が出てくる気配はない。

それどころか怒りや悲しみといった感情も湧いてこなかった。

あまりにも衝撃が大きすぎて心が麻痺しているようだ。あれほど好きだと思っていた設計の仕事ですら、今はただ言われた事を淡々とこなすだけになっている。

レイモンドの帰国まで、残り三日。

結局は問いただすこともできず、当たり障りのない会話を文字で交わすだけの日々を続けている。そして当然ながらレイモンドからも帰国に関する話題は一切出てきていなかった。

三ヶ月は長いようで短い。忙しく仕事をしていればあっという間だろう。

もしかするとホテルを出るのは、別に住まいを用意するつもりだからかもしれない。

そんな甘いにもほどがある期待を抱いてみたものの、もしそうならば沓子に相談なり報告がないのはおかしいと思い至った。

そして今日、日本最大手の冷凍食品会社がアジア一円に拠点を持つシンガポールの企業を買収し、最終合意に至れば世界シェア三位になるというニュースが大々的に報じられた。

仕事の性質上、レイモンドが手掛けている案件について尋ねるようなことはしてこなかった。だが、今まで出張に行った先をこの件に当てはめてみると、自ずとその結論が導き出されてしまう。

この買収合併が完了すれば、レイモンドの日本での任務は完了する。そして本来の仕事に戻るべく帰国すると考えるのが妥当だろう。

レイモンドは元いた場所に戻るだけ。

では、沓子は——？

今頃になって、レイモンドとは将来の話というものを全くしていなかったと気付く。

明日は何が食べたいかとか、週末はどこに行こうかとか。せいぜい来月にあるイベントに行きたい、という程度。それ以上の未来の話をした記憶が無い。

沓子は四月で二十七歳になる。

この年齢の恋人同士であれば、少しくらい将来の話をしていてもおかしくなかったが、如何せん経験が無いせいで何ら不思議には思わなかった。

そんな残酷な事実に気付いてからというもの、沓子は完全に食欲を失ってしまった。だけど、会社で何も食べないと周りから不審に思われてしまう。どうせ味なんかわからないからと適当なものをコンビニで調達し、機械的に咀嚼してひたすら胃に流し込んでいた。朝と夜に関してはほとんど口にしていない。

わざわざ残業を引き受け、遅い時間に帰宅した沓子はベッドへと直行した。

寝心地が悪いと判明してしまったマットレスに横たわり、何を見るでもなく天井に視線を向けていた。

スマホがメッセージの着信を知らせる。ごく小さな通知音だというのに、沓子は大袈裟なほどびくりと身体を震わせた。

「少しだけでいいから話せない？　沓子の声が聞きたい」

きっと今までなら、照れながらも喜んで通話に応じていただろう。何も知らなかった頃に戻りたい。むしろ知りたくなかったとすら今は思える。

しばし考えてから「ごめんなさい。まだ声が出ません」と返そうと決める。メッセージの入力欄をタップしようとしたところで、突然画面が切り替わった。

「…………杏子？」

レイモンドの声が微かに聞こえ、慌ててスマホを耳にあてる。

「あ……もしもし」

まさか、うっかり通話ボタンを押してしまうとは。あまりにもタイミングが悪すぎる。沈んでいく杏子の気分とは対照的に、スマホから聞こえる声は心なしか嬉しそうだ。

「ごめんね、どうしても我慢できなくて。風邪の具合はどう？」

「うん、段々良くなってきている」

「声はだいぶ治っているようで安心した。僕が傍にいれば看病できたのに……一人で大変だったよね」

相変わらず杏子の恋人は優しい。

まるで我が事のように心配し、自分が傍にいなかったことを悔いてくれる。

だけど彼は、こんなにも思いやりに満ちた台詞を吐いておきながら、あと三ヶ月足らずで杏子を置き去りにするのだ。

久々に声が聞けたのがよほど嬉しかったのか、レイモンドはやけに饒舌だった。

「日本の寒さのピークは二月みたいだけど、気温はロンドンと同じくらいらしいね」

「そうなんだ」

——それじゃあ、すぐに元の生活に戻れるね。

「でも、雨が少ない分、日本の方が楽かもしれないな」

「へぇ……」

——でも、いなくなるんでしょう？

「そうそう。沓子の為に沢山お土産を買ったよ」

「ありがとう。でもそういうの気にしないで」

——もしかして、それを思い出の品にしろってこと？

無難な相槌を打つ度に、頭の中ではもう一人の沓子がヒステリックに叫んでいた。

スマホから聞こえる弾んだ声に、胸がギリギリと締め付けられていく。胃の中には何も残っていないというのに吐き気がこみ上げてきた。

「あぁ、ごめん。あまり長話するのは良くないね」

沓子の反応があまり芳しくない事に遅まきながら気付いたらしい。

ようやく針の筵《むしろ》に座っているような時間が終わる、と安堵した矢先——。

「実は……日本に戻ったら、話したいことがあるんだ」

柔らかで、でも緊張がはっきりと伝わってくる声を聞いた途端、杳子の中で何かが弾けた。

「だから、金曜日は……」

「五月に帰国する話なら知ってるよ」

「…………え？」

電話の向こうで絶句する様子に、僅かに残されていた希望が打ち砕かれる。取り落とさないようスマホを持つ手に力を籠めた。

「どうしてそれを……。誰から聞いた？」

「それを聞いてどうするの？　秘密だったのに私に教えたって責めるの？」

「いや、そうじゃなくて……」

「だったら、ずっと黙っていたレイは悪くないの？」

返ってきたのは、沈黙。

微かに聞こえる呼吸の音だけが、まだ電話が切れていないことを証明していた。

「杳子、僕は……！」

「もういい。これ以上話すことなんかない」

沈黙が全てを物語っていた。

これがレイモンドの答えなのだ。

さよなら、と告げて終話ボタンをタップし、そのままスマホの電源を切った。

帰国したら、ちゃんと顔を合わせて話をしようと思っていたのに。

黙っていた理由やこれからどうしたいと思っているのか、レイモンドの考えを聞いてお互いが納得できる形にしようと決めていたはずなのに、いざ声を聞いてしまったらどうしても我慢ができなかった。

映すものを失った画面にぽたりと雫が落ちる。

「う……ひっ、ぃっく」

ようやく溢れ出した涙が次々と頬を伝っていく。

苦しい、腹立たしい、悲しい、悔しい。

ずっと胸の奥底で眠っていた感情が一気に膨れ上がり、両手で覆った口から呻きにも似た嗚咽が漏れる。

徐々にそれが大きくなり、杳子は遂に布団へと潜り込んだ。

悲痛な声は夜が明けてもなお、途切れ途切れに聞こえていた。

◇◆◇

ちょうど風邪が流行っている時期だというのも幸いし、杳子は泣き腫らした顔をマスクとPC用の眼鏡で隠して仕事をしていた。

急に重病人のような姿になってしまったが背に腹は代えられない。周りからは無理しないで休むように言われたが、大丈夫ですと返して黙々と手を動かしていた。

下手に休めば、ただ泣いて過ごすことになるのは目に見えている。むしろ仕事をしていた方が気が紛れた。

一方的に電話を切り、スマホの電源を再び入れたのは翌日の昼過ぎだった。そこには大量の着信履歴とメッセージが残されていたが、中身を確認せず全て消去した。

ロンドンは明け方。今がチャンスだとレイモンドからの連絡手段は全て断ち切った。個人的な電話やSNSは全てブロックし、会社へのメールは届いたらゴミ箱へ直行するルールを作った。

自宅を知られていることだけが少々不安ではあるが、そこまで追いかけてくるほど暇ではないだろう。何せ、手掛けている案件が大詰めを迎えているのだから。

そうやってやり過ごし、遂にレイモンドが帰国する日になった。

共有のカレンダーには到着時刻が書いてあった気もするが、言葉を交わした日以来、全くアクセスしていない。

それに、時間が分かっていたとしても迎えに行くつもりはない。今日は森下から飲みに誘われているので、仕事も早めに切り上げるつもりでいた。

どうしてレイモンドに深入りするのを止めてくれなかったのか、と恨み言の一つでも言ってやろうとも思ったが、それは明らかに八つ当たりだろう。

「最近何かあったのか」という質問を皮切りとして、沓子は事情を全て打ち明けた。

当初は淡々と判明した事実だけを語っていたが、アルコールが入るにつれて段々と腹が立ってきた。

「どうせ私は日本にいる時だけの遊び相手だったんですよ。ほら、あれですよ。現地妻ってやつです」

「現地妻って……普通はそんな高待遇じゃないだろ」

「それは超お金持ちだからじゃないですかー？　初めてなったので知りませんけど！」

沓子はそう言うなりジョッキの中身をぐいっと空けた。

生まれという意味でも能力的にも、分不相応な立場だと最初からわかっていた。

それを承知の上で恋人になり、この先もずっと関係は続くのだと、ありもしない夢を見ていたのだ。

「堀井さ、一回落ち着いて話し合った方が……」

「今更何を話せばいいんですか。だって帰国するって決まっていたのに、それを黙っていたんですよ。明らかに捨てる気満々だって事ですよね」

「いや、まぁ……それはそうなんだけどさ。もしかすると事情があるのかもしれないじゃないか」

「事情ですか？　それがあったから黙っていたんでしょうね、私に！」

流石にフォローするにも限界があったのか、森下は気まずそうにだし巻き卵を口に放り込んだ。

彼がレイモンドを擁護しているのはオルトナーの担当だからだろう。可愛い後輩より顧客が大事か！　と恨みを籠めて睨みつける。

「もういいんです。仕事頑張って、英語も勉強して……いつかイギリス支社に転勤して、オルトナーの担当になってやりますからっ！」

「うわぁ……意外に陰険だな、お前」

追加で頼んだビールが届くなり、沓子は一気に半分ほどジョッキを空ける。どう考えても速いペースだが、今は飲まないとやってられない気分だった。

ここまで沓子が口にしたのは、大量のビールとほうれん草のおひたしを少々のみ。ただでさえそこまで酒に強くないので、待っていた結末は明らかだった。

テーブルに突っ伏してもなおぶつぶつと悪態をついていた沓子へ、急激に睡魔が襲ってきた。

必死で抗ってみたものの、容赦なくずぶずぶと眠りの海へと引きずり込まれていく。

「……はい、森下です。…………えぇ、はい。そうです。だいぶ荒れていますので、出来るだけ早く引き取りに来ていただけますと助かります」

森下の声がやけに遠く聞こえる。

っていうか、引き取りってなんだ。人をモノみたいに言うな。

文句をつけようとした沓子だが、そのままゆっくりと意識を失った。

◇◆◇

目を覚ました瞬間、ハンマーで殴られたような鋭い頭痛に襲われた。

ついでに胸もムカムカするから確実に二日酔いである。沓子は激しく後悔しつつ、横を向いて身体を丸めた。

――と、肌触りの良いシーツと柔らかなマットレスの感触に硬直する。

そろそろと顔を上げれば、見慣れた置き時計がもうすぐ九時だと教えてくれた。その横には水の入ったグラスと錠剤が置いてある。

ゆっくり振り返ってみたが誰もいなかった。枕が少し凹んでいるので、そこに人が寝ていたのは確かだろう。

まずはこの頭痛を何とかしなければ。出来るだけ頭を揺らさないように身を起こし、サイドテーブルの鎮痛剤を手に取った。グラスの水を飲み干してから再び布団に潜り込む。

昨夜は確か、杳子の憔悴ぶりを見かねた森下に呼び出された。そして居酒屋で散々くだを巻き、金曜日なのをいいことに大泣きしながらビールを飲みまくった。

そこまでは覚えている。が、その後の記憶はぽっかりと見事なほど抜け落ちていた。

杳子は未だにズキズキと脈を打つ頭を抱えて目をつぶる。まさか――再びこのベッドで眠る日が来るとは思わなかった。

身体を包んでいるのは、ここで眠る時によく着ていたリネンのシャツワンピース。さっぱりとした手触りが気に入っていた。

これを脱がされた時の記憶が不意に蘇る。さらりと生地が肌を撫で、同じ場所にしっとりと熱い手のひらが這わされるのを思い出すだけで、内側から熱い何かが溢れてきそうになった。

全て忘れよう。

固く誓ったはずなのに、いざとなると優しくて甘やかな出来事ばかりが思い出される。

頭痛が和らいで来るのを感じ、沓子は寝返りを打つと枕の凹みをそっと撫でた。

どうして――ここにいてくれないんだろう。

自分から拒絶しておきながらそんな勝手なことを思ってしまう。もう心がバラバラだ。

ようやく頭痛が落ち着いてきた。

ずっと寝室に閉じ籠もっている訳にもいかず、のそりとベッドから這い出した。いつもの場所に沓子用の室内履きが置かれているのに気付いて目頭が熱くなる。

寝室には何も置かれていなかったから、鞄の類はリビングに置かれているのだろう。

顔を合わせるのは怖い。だけどこのまま逃げ出す訳にもいかない。せめて迷惑を掛けたお詫びと、そして今まで世話になったお礼ぐらい言わなければ。

廊下を重い足取りで歩き、リビングまで辿り着いた。

ドアレバーを持つ手が震える。それでも何とかそっと押し開き、中の様子を隙間からそっと窺い見た。

「……おはよう」

ソファーに座っていた男が立ち上がり、こちらへとまっすぐに歩いてくる。後ずさりそうになった足をギリギリ留め、杳子は静かにドアをくぐった。

「おはよう、ございます……」

「具合はどう?」

顎に触れた手に思わずびくっと肩を揺らす。一度は離れたレイモンドの指が再び掛かり軽く上を向かされた。

二週間ぶりに見た顔は相変わらず整っている。

長い睫毛に縁取られたくっきり二重の大きな目、すっと通った鼻先と、その下にある少し厚めの唇。いつ見ても綺麗だと思っていたものを再び目の当たりにして、胸が押しつぶされそうになる。

「大丈夫、です。あ、薬を……ありがとうございました」

「良かった」

まるで何もなかったように会話が交わされる。あの件は悪い夢だったのではないか。そんな錯覚を起こしかけた杳子が小さく息を飲んだ。

間近で見たレイモンドの頬にうっすらと傷ができていた。顎に向かって走る二本の線に何故か嫌な予感がする。

「もしかして……それ、って」

「あぁ、昨日ちょっとね、車に乗せたら沓子が目を覚まして、押さえようとしたら手がぶつかったんだ」

痛みはないと微笑むレイモンドを前にして、ざぁっと頭から血の気が引いていく。

これは明らかに――傷害罪。

いくら泥酔していたとしても理由にはならない。

いつものハイヤーに乗せられていたのだとしたら運転手の証言も得られるはず。沓子は気付かなかったが、もし車載カメラがあれば証拠は完璧だろう。

「ごめ……あ、申し訳、ありませんでした」

今はとにかく謝るしかない。他人行儀な謝罪な言葉に、レイモンドがすっと表情を硬くした。

「シャワー浴びておいで。その間に食事を用意しておくから」

「……はい」

部屋に着いてすぐ「気持ち悪い」と言ってしばらくトイレに立て籠もった、という情報も追加され、沓子は言われるがままに浴室へと向かった。

ドアを開けると大きな鏡が目に入る。前に立つと顔色の悪い、強張った自分の顔が映し出された。

緩慢な手付きでワンピースのボタンを外し、ばさりと床に落とす。そして下着に手を掛けて軽く俯いた瞬間、目端に赤くて小さなものを捉えた。

「え……っ」

ぱっと顔を上げ、鏡越しに胸元を凝視する。そこに刻まれた赤い痣を思わず指先でなぞった。

この痣は沓子が眠っている間に刻まれたものに違いない。しかもその場所はレイモンドが好んでつける左の鎖骨のすぐ下。

これは一体どういう意味なのだろうか。胸に芽生えかけた期待の萌芽に気付かない振りをして、とりあえず身を清めるべく手を動かし始めた。


カプチーノを淹れるように言われるかと思いきや、戻るなりそのままダイニングテーブルへと導かれた。真っ白なボウルの中では真っ赤なミネストローネスープが湯気を上げている。

「冷めないうちに食べて」

「……はい」

スプーンを手に取り、ぱくりと一口頬張った。じゃがいもと人参は舌で押し潰せるほど柔らかく煮込まれている。沓子は空っぽの胃に温かなスープが染みていくのを感じ、目尻にじわりと涙が浮かんで来た。

小ぶりのガラスの器が無言で置かれる。中身はフルーツヨーグルト。そこには当然のように缶詰の黄桃が入っている。

どうして今までと変わらず優しくしてくれるのか。

最後まで悪い印象を持たれたくないから？　それとも…………。

後ろから髪を包んでいたタオルが外され、沓子はびくっと肩を揺らす。

「そのまま食べていていいよ」

「…………はい」

髪を慎重な手付きで後ろに流され、タオルで丁寧に水気を拭われた。目の粗いコームで整えられながら沓子は黙々と食事を続ける。

何とかスープを飲み終え、フルーツヨーグルトに取り掛かる。こんな状況だというのにやっぱり美味しいと感じてしまう自分が恨めしい。

「こっちにおいで」

ご馳走様でした、と蚊の鳴くような声で告げて椅子から立ち上がる。差し出された手をおずおずと取ればソファーに座るよう促された。

座るなり背後でカチッとスイッチの音が響く。熱風が頭上から吹きつけ、レイモンドの指が濡れた髪に挿し込まれた。指先で頭皮を揉み込む仕草が、今となっては懐かしくさえ思える。

バスローブの膝に乗せた手がぎゅっと拳を作った。判決の時を待つ罪人はこんな気分になるのか、耳元でドクドクという心臓の音が響いていた。

ドライヤーの音が止んだ。指で杳子の髪を梳いて整えると、レイモンドが回り込んで杳子の前にやって来た。

「きゃっ……」

脇の下に両手が差し込まれ、抱き上げられるなりくるんと位置が入れ替わった。そしてソファーに座るレイモンドの腿を跨ぐように着地させられる。

どうして、こんな状況だというのにこの体勢を取らされるのか。顔を直視できずに俯いていると、両手で頬を包み込まれた。

「杳子」

親指の腹でそっと目の下をなぞられる。柔らかな声と労りの仕草が、喜びと同時に苦しさを連れてきた。

そのまま引き寄せようとされたのを、背中に力を入れて拒む。

今はまだ、これ以上の触れ合いを許す訳にはいかない。その意図はちゃんと伝わったらしく、頬から手が離れていった。

俯いたまま前を窺い見ると、何度も触れ合った唇がきゅっと引き結ばれた。そしてゆっくりと開かれていく様を固唾を呑んで見守る。

この後、どんな音があの場所から紡がれるのだろう。胃がぎゅっと縮こまり、吐き気を催してくる。

「単刀直入に言う。僕と一緒に……イギリスに来て欲しい」

向かい合って座る二人の間に沈黙が流れる。

沓子が言葉の意味を理解するのに少し時間が掛かった。

「え……っと、私、が？」

「そうだよ。今、僕の前にいるのは沓子だからね」

前にもこのやり取りをしたような気がするが、そんなことはどうでもいい。

「別れて欲しい」でもなければ「待っていて」でもない。

全く想像だにしていなかった台詞に沓子は言葉を失った。

「ずっと……迷っていた。だからなかなか言い出せなくて、結果的に沓子を傷つける事になってしまった。本当にごめん……」

レイモンドが声と表情に苦悩を滲ませている。未だに事態を理解しきれない沓子の腰にそっと両手が添えられた。

「スケジュールをやりくりしたら、来年なら何とか日本に戻ってこれそうになった。だから最初は、それまで待っていて欲しいと言うつもりだった。沓子はハリオスが好きで、最近はとても楽しそうに仕事をしていたから、それを奪うことはできないと思ったんだ。だけど……」

腰を抱く手に力が籠もる。一度伏せられた眼差しが再びまっすぐ沓子に向けられた。

「僕はイギリスに帰ったのに、早くここへ戻りたいとばかり思っていた」

「えっと、日本……に？」

「違うよ。僕が戻りたかったのは、沓子のいる場所」

不意に引き寄せられ、ぽすんと額に胸がぶつかった。そのまま包み込むように抱きしめられ、乾かしたばかりの髪に頬が寄せられる。

しっかりと弾力のある筋肉の感触、そして甘いけれど爽やかなコロンの匂い。

自分から拒んでおきながら、いざ触れてしまうとどれだけこれを欲していたかを嫌というほど思い知らされる。

レイモンドは大きく深呼吸してから更に抱擁を強めた。

「毎朝目を覚まして、同じベッドに沓子がいないと気付く度に絶望した。忙しかったけど夜もなかなか眠れない。それで嫌というほど思い知った。僕はもう……沓子が傍にいないと生きていけないんだって」

触れた場所から伝わってくるのは、速くて大きな鼓動。今にも飛び出してきそうな激しさが彼の緊張を物語っていた。

「すごく悩んだよ。果たして僕に沓子から大好きな仕事を奪う権利があるのか。もしかすると、『それなら別れる』と言われてしまうかもしれない。……選んでもらう自信が無かった」

苦しげな声で吐露されたレイモンドの想いに、沓子はぱっと顔を上げた。

いつだって彼は穏やかに笑って沓子を受け止めてくれた。いつだって優位に立っているのはレイモンドで、沓子は何をしたって絶対に敵わない。

だから、沓子は捨てられる側で、レイモンドは捨てる側で――。

沓子を見下ろし、レイモンドがふっと微笑む。柔らかな表情の奥ではヘーゼルの瞳が強い光を湛え、まっすぐにこちらを捉えていた。

「でも、もう迷うのは止めた。僕はこれからもずっと沓子と共に生きたい。だから……」

――結婚して欲しい。

唐突すぎるプロポーズにただ呆然と甘いマスクを見上げる。不意に左手を取られ、薬指を硬くて冷たいものが滑っていった。

仕事の時は必ず外さなければいけないし、慣れていないからすぐ無くしてしまう。そう言ってずっと断っていたはずの装飾品が、指に嵌っている。

まるで誂えたかのようにサイズがぴったりの、黄金と透明な石が放つ輝きを見つめ、杳子がぽそりと呟いた。

「……まだ、何も言ってない」

「うん。でも僕は杳子からイエスしか聞くつもりはないから」

優しい声にそぐわない、自信たっぷりな発言が少しだけ憎らしい。

じとっとした目で見上げてみたものの、いつものように「そんな顔をしても可愛いだけだよ」という返り討ちに遭ってしまった。

「私がイギリスに行くなんて、無理だよ」

「どうして？　イギリスが嫌い？」

杳子はふるふると頭を左右に振って否定する。乾かしてもらったばかりの髪が頬に貼り付き、レイモンドの手がそれを優しく払い除けた。

「だって……英語が全然出来ないのは知っているでしょ？」

「英語なら僕が教えるし、生活に慣れるまではずっと傍にいるって約束する」

「家事だってまともにできないから、役に立てることなんて一つもない」

「それくらいなら僕が引き受けるよ。杏子はただ、一緒に来てくれるだけで構わない」

答えを予想していたのだろうか。返ってくる言葉には過不足がない。

必死で理由を探す杏子を見つめる瞳は静かで、しかし揺るぎのない意思を湛えていた。

「それに……」

「うん、何でもどうぞ」

それに——。

及び腰な言葉と共に身体が離れていく。しかし腰に回された手にぐっと引き戻された。

「ねえ杏子……行きたいけど行けないと言っているように聞こえるけど、その認識で間違いはないかな」

「…………あ」

レイモンドに指摘されて初めて気がついた。

確かに杏子は、行けない理由の中に自分の想いを入れていなかった。仕事に関しては二の次で、それ以外の状況を客観的に検討して、だから行けませんと答えるに至った。

心は決まっている。

だけどそれを受け入れる覚悟ができず、無意識のうちに逃げてしまっていた。

沈黙をイエスと捉えたのか、レイモンドが更に言い募る。

「だったら、『行けない理由』じゃなくて『どうしたら行けるか』を一緒に考えよう」

「でも……」

「杳子が来てくれるなら何だってするよ。だからお願い。僕に杳子の未来をちょうだい」

やっぱりレイモンドの気持ちがわからない。

英語が堪能で、家事も上手にこなしてくれる女性はいくらでもいるはず。何もわざわざ、こんな理屈っぽくて素直じゃない人間を選ばなくたっていいのに。

それを尋ねたところで返される答えは分かっている。

レイモンドが杳子を「運命の相手」だと言うのなら、逆もまた然り。

ただの機械好きである杳子をここまで深く愛し、大切にしてくれる人は、きっと彼だけなのだろう。

杳子はおずおずと腕を上げ、僅かだけど慣れない重さを感じながらレイモンドの背中に手を回した。

「わた……し、も、ずっと、レイと一緒に、いたい」

「……ありがとう」

絞り出すように囁かれた声は今にも泣き出しそうに聞こえた。

力いっぱい抱きしめられて少し息苦しい。だけど、この熱い抱擁が選び取ったものが正解なのだと教えてくれているような気がした。

「君の役目は、僕の為にカプチーノを作ってくれる事だけ。後は全部引き受ける。それでどうかな？」

「……そんなの、不公平すぎる」

敏腕弁護士のくせに、あまりにも譲歩しすぎた条件ではないか。

沓子が不満げな顔をすると、レイモンドがくすりと笑った。

「さっきも言ったよ。沓子が一緒に来てくれる為なら、僕は何でもする。諺であるよね。確か……『損して得取れ』だっけ？」

「う、うん。まぁ……合ってるけど」

自分が「得」だと言われるのは少し気恥ずかしい。また頭頂に頰を寄せたレイモンドが嬉しさを隠しきれない、といった様子で囁いた。

「あぁ、それとも『海老で鯛を釣る』かな」

お次はまさかの鯛扱いである。レイモンドの事だから、釣り上げたら骨の髄までしゃぶりつかれてしまいそうで、想像した途端にぞわっと背中に冷たいものが走った。

「沓子……」

密着していた身体が離され、近付いてきた唇が触れる寸前でぴたりと止まった。

喉仏が大きく上下し、唇にふっと吐息が掛かる。何故か躊躇いを見せるレイモンドに焦れ、沓子は身体を浮かせて唇を押し付けた。

これが、沓子からした初めてのキス。

中腰のような体勢なので太腿がプルプルと震えてくる。耐えきれずに空いた距離は、追ってきた唇によってゼロにされた。

「ん…………っ」

後頭部に回った手に更に引き寄せられ、思わず沓子は小さな声を漏らす。すぐさま入りこんできた肉厚の舌は、奥で縮こまっていた舌に絡みついた。

「ふぁ……、んん……っ」

お互いの存在を確かめるように角度を変えて舌を絡ませ、唾液を啜り合う。

十日ぶりに交わしたキスに全身から力が抜けていき、沓子はニットの背中を強く握りしめた。

「沓子……もっと触らせて」

「ん…………」

髪をかき上げられ、うなじに唇が押し付けられる。強く吸い上げられる感覚にお腹の奥がじわりと潤んだ。しばらく髪を結べないけれど今はこの痛みに悦びを感じる。

耳朶を食まれ首筋にもやんわりと歯が立てられる。やっぱり鯛扱いなのかな、という考えがちらりと頭をよぎったが、バスローブの腰紐が解かれる感触にはっと我に返った。

「……少し、痩せたね」

「そう、かな？」

あれだけ荒れた生活をしていれば痩せて当然だろう。だけど、痛ましげな眼差しを前にしてついとぼけてしまった。

「僕がどれだけ杳子の身体を見てきたと思ってるの？」

「あっ……ん」

レイモンドの手が脇腹から腰をすうっと撫でて杳子の形を確かめている。くすぐったくて小さく身を震わせれば、額へと宥めるようなキスが落ちてきた。

昨晩付けられた徴は少し黒ずみ、より一層はっきりとした色になっている。それを形の良い指先が撫でてからすぐ隣に新しいものが刻まれた。

「んっ……レ、イ…………」

遂に身体が支えきれなくなり、後ろへ倒れそうになったのをレイモンドがすかさず抱えてくれる。その拍子にバスローブの前がはらりと大きく開かれた。

図らずも胸を差し出すような形になったのをレイモンドが見逃すはずがない。赤味が増し、早くもぷくりと立ち上がった先端が唇へと吸い込まれていった。

「や……んんっ！」

強く吸い上げられ、鋭い刺激が全身を駆け抜ける。目の前にある頭に縋り付けば、ふっと吐息が震える胸元を撫でていった。

色の違う場所を口内に収め、舌先で周囲をぐるりと舐められた。かと思いきや、今度は内側へと押し込まれる。もう一方も同じ動きを指で再現され、沓子は絶えず送り込まれる刺激にただひたすら耐えることしかできない。

「レイ……おね、がっ……も、すこし、ゆっくり……して……っ！」

途切れ途切れの懇願に伏せられていた睫毛が上がり、くっきりした二重の目がゆるりと細められる。荒い呼吸を繰り返す唇にキスをしてからレイモンドはごめんね、と囁いた。

「触れるのが嬉しくて我慢できなかった。……大丈夫？」

「ん……」

目尻に浮かんだ涙を吸い取ってからレイモンドが優しく髪を撫でてくれる。肩に頭を預けていると徐々に呼吸が落ち着いてきた。

「あ……っ、なに…………きゃあっ！」

不意にレイモンドは杳子を抱えたまま立ち上がった。そのまま寝室に連れて行ってくれるのかと思いきや、またもやくるりと位置を入れ替えられる。ソファーへ座らされた杳子の前にレイモンドが跪き、膝裏に手を掛けて大きく左右に広げられた。

「もっと杳子が見たい。奥まで全部見せて」

「やっ、レイ…………っ！」

これをされるのは初めてではないけれど、こんなに明るい所では初めてだ。ショーツのクロッチ部分を横にずらされ、早くもぐっしょりと濡れた秘部が美しい男の眼前に晒された。熱い吐息がふっと掛けられ、それだけで新たな蜜が湧き出てくる。

「美味しそう……」

「だっ、め……や、あああ…………ッッ!!」

ぴちゃりと音を立てて入口を舐め上げられる。鼻先で敏感な粒が押され、堪らず杳子は腰を跳ね上げた。しかし太腿を摑んだ手がそれ以上の逃避を阻む。

尖らせた舌先が挿し込まれ浅い場所をくすぐっていく。身体の中心を貫くような刺激を与えられる度に内腿が戦慄き、爪先に力が入ってぎゅうっと丸まった。

「はぁっ……レイ、も……っ、やめ…………っ」

力の入らない手は焦げ茶の髪をただいたずらにかき混ぜるだけ。乱れた前髪の合間でレイモンドは嫣然と微笑み、蜜でてらてらと光る唇へと見せつけるように舌を這わせる。

「邪魔なものは脱いでしまおうね」

「え、やっ……だ、レイ……っ、んんん……！」

片手で杏子の腰を浮かすなりショーツがするりと抜き取られた。あまりにも素早い手付きに驚く間もなく、潜り込んできた指が杏子の感じる場所を攻め立てる。

何度となく繰り返し触れられたその場所は、刺激に慣れるどころかより一層敏感になっている。背もたれに頭を預け、首を反らして乱れる姿をレイモンドは愉悦に染まった眼差しで眺めていた。

「杏子、一回楽になろうね」

柔らかく解れた肉筒を長い指が激しくかき混ぜる。舌先で襞をめくり上げ、奥に隠されていた秘豆にカリッと歯を立てられた。その瞬間、杏子に凄まじい快楽が襲いかかってきた。

「……ひっ、ああああ――――ッッ!!」

あまりにも強い刺激は苦しさにも似ている。杏子は大きく腰を浮かせると一気に昇り詰めた。

ぐったりとソファーに沈んだ身体から指が抜かれ、杳子は小さな喘ぎと共に身体を揺らした。

霞む視界の先でレイモンドが濡れた指に舌を這わせている。手の甲に垂れた分まで丁寧に舐め取ると、まだ息の整わない杳子の頬に唇を押し当てた。

「本当に可愛い。愛してる」

「レ、イ……」

「窮屈な思いをさせてしまったね。続きはベッドでしようか」

「え………？」

ようやく恥ずかしい時間が終わったと思いきや、まだ続きがあったらしい。

レイモンドは杳子を横抱きにするなり廊下へと向かっていった。そして寝室のドアが開かれ、杳子はその先の光景に目を丸くする。

さっきまで使っていた場所だというのにベッドが綺麗に整えられている。真っ白なシーツの上には深紅の花びらで大きなハートが描かれていた。

これは、いつの間に……？　ぱっとレイモンドを仰ぎ見ると、どこか自慢げな笑みを浮かべている。

「私が断ったら、どうするつもりだったの？」

まんまと術中に嵌ったようで少しだけ悔しい。明らかな負け惜しみだが、沓子は精一杯の憎まれ口を叩いてみた。

「沓子からイエスと聞くまで、ここには連れてこなかったよ」

ベッドに下ろされた途端、薔薇の香りがふわりと立ち昇った。

こんなロマンチックなことをしても違和感がないのは、やはりレイモンドだからなのだろう。沓子はバスローブを腕から抜かれながら降ってきた唇を受け止めた。

「ん……レイ、も……」

負けじとニットの裾を持ち上げると、レイモンドはとろりとした笑みを浮かべて両腕を上げた。袖が抜けた勢いで沓子は再びベッドに逆戻りする。

「やっ、まだっ……！」

「そうなの？」

半裸のレイモンドが覆いかぶさってくるのを押し留め、今度はスウェットの腰に手を掛けた。渋々といった様子で身を起こし、横向きになって腰を浮かせた腹は綺麗な筋肉に覆われている。

つい触りたくなってしまうのを堪え、下着もろとも一気に膝の辺りまで引き下げた。

残りは蹴るようにしてレイモンドが脱いでくれた。美術館に飾られている彫像のような肢体は、やはり今日も見惚れるような美しさだ。

「沓子、顔が真っ赤だよ。……可愛い」

「は、恥ずかしいもん！」

今頃になってカーテンが全部開けられている事に気がついた。冬の穏やかな陽射しが二人の横たわるベッドへと降り注ぎ、素肌を柔らかく照らしている。

どちらからともなく腕を伸ばし、ぴったり隙間なく抱き合った。額に唇が触れたのを皮切りとして、互いの身体を高め合う作業に没頭する。

「……っ、とう、こ……っ」

レイモンドの切羽詰まった声に内心でほくそ笑む。両手で包み込んだものを上下に扱くと、手の中でびくびくと蠢いた。

乞われてしたことはあるけれど、自分から触れたのは初めてだ。先端から滲み出てきたものを潤滑油代わりにして先端をくるくると撫で擦った。

レイモンドが眉根を寄せ、悩ましげな吐息を零す。

――もっと、気持ちよくなって。

自分が与えた刺激で感じてくれるのが嬉しい。

艶を帯びた綺麗な顔を見ているだけでお腹の奥が徐々に疼いてくる。少し強めに握り込み、滑りが良くなった肉茎を上下させると更に大きさと硬さが増していった。

「…………きゃっ！」

急に両手首を摑まれ、一纏めにされるとシーツへと縫い留められた。その拍子に薔薇の花びらを押しつぶしたのか、瑞々しい香りがふわりと漂った。

「まったく……僕の天使は悪戯好きで困るな」

僅かに息を乱したレイモンドが呟く。悪戯好きはどっち、と言いかけた唇が荒々しく塞がれた。

一度は落ち着いたはずの熱が、身体中に這わされる手によって再び高められていく。胸の膨らみを歪な形に変えられ、ぐっと沈んだ指先の感触に激しく身悶えた。

「もっとゆっくりしたかったのに、我慢できそうもない」

君のせいだよ、という囁きと共に避妊具のパッケージを破く音が聞こえる。手早く用意を整えたレイモンドが不敵に微笑み、沓子の腰をぐいっと持ち上げた。

「やっ……、あっ……んんんっっ！」

脚を大きく広げられ、そのままずぶずぶと張りつめた分身が埋め込まれた。久々に受け入れたモノの大きさに、思わず踵が空を蹴る。反らした喉にかぷりと歯を立てられた。まるで獲物にとどめを刺すような仕草に肉襞がぎゅっと窄まった。

「レイ……くる、し…………っんん…………ッ！」

「忘れたの？　杳子がこうしたんだよ」

ゆっくり引き抜かれた楔が今度は勢い良く押し込まれた。肉同士がぶつかり合う音と荒い呼吸、そして時折上がる悲鳴のような声が明るい寝室を満たしていく。

「早く……杳子を直接感じたい」

奥深く繋がり合い、小刻みに揺らしながらレイモンドが甘く囁く。左手の薬指に唇を押し当てられ、杳子はきゅっと唇を噛み締めた。

レイモンドの思惑通りイエスと答えてしまったものの、問題が山積みなのは変わっていない。

恋人の存在すら知らない両親に何と言えばいいのだろう。会社も辞めるとなると、レイモンドとの関係を説明しなくては……。あぁ、引き継ぎ資料も早めに作らなきゃ。

「ひぁ……っ！」

勢い良く奥まで押し込まれ、杳子はあられもない声をあげる。眼前に迫ったレイモンドはどこか不満げな表情を浮かべていた。

「何を考えていたの？」

「ん……っ、なんでも、なっ……！」

どうして気付かれたのか。再び先端で最奥を抉られて堪らず身を震わせる。

「ダメだよ。今は僕の事だけ考えて」

「んっ、ごめん……ね」

「どうすれば、ここを僕でいっぱいにできるのかな」

こつんと額を合わせられ、睫毛が触れ合いそうな距離で甘く囁く。心の奥を見透かそうとするようなヘーゼルの瞳の奥に、仄暗い澱が見え隠れしていた。

普段はあまり見せようとしない独占欲を目の当たりにして、杳子の腰にぞくりとしたものが這い上がってくる。少し怖いけれど、今ではそれ以上に悦びを感じた。

「ずっと、レイのことばっかり……考えてたよ？」

決して幸せな気持ちではなかったけれど、杳子はずっとレイモンドについて考えてばかりいた。

生まれて初めて胸が張り裂けそうなほど苦しみ、もう二度と誰も好きにならないと固く誓ったほど、裏切られた悲しみは大きかった。

ここまで激しい感情を抱いたのは、深くレイモンドを愛していたからに他ならない。

今ならわかる。

あの苦しんだ日々があったからこそ、杏子はプロポーズを受け入れたのだ。

涙がじわりと湧き上がり、瞳に薄い膜を作る。歪んだ視界に映った美貌にはふっと悲しげな笑みが浮かんでいた。

「……もう二度と悲しい思いはさせない。ずっと、僕が傍にいるから」

「う、ん……」

口付けを交わしながら律動が再開される。

ずるりと抜ける感覚に膣壁がざわめき追い縋る。今度は押し込まれる度に奥へ奥へと誘う動きにレイモンドが、は、と熱い吐息を零した。

「あっ……レ、イ……………も、い、っく……ッッ!!」

身体の奥がきゅうっと縮こまり、一気に弛められる。弓なりにしならせた身体がベッドに沈んだ途端、ぶわりと薔薇の濃厚な香りに包まれた。

「とう、こ…………!　くっ…………」

レイモンドが呻いた瞬間、膜越しに飛沫が広がっていく。そこから伝わってくる熱に震わせた身体は優しく抱き寄せられた。

「杏子……愛してるよ」

「ん、私も……」

唇を寄せ、乱れた呼吸ごとキスを交わす。汗ばんだ肌を重ね合わせ、杳子はこれ以上ないほど幸せな気分に浸っていた。

「もう一つだけ、杳子の役目を増やしてもいい？」

「うん、何をすればいいの？」

カプチーノ作りだけなんて不平等にも程がある。仕事を辞めるのだから家事全般を引き受けたって構わない。むしろ大歓迎！　という気持ちで問い掛けた。

頬同士をぴたりとくっつけられる。きめ細やかな肌の感触を堪能していると、耳元で甘く囁くような声が響いた。

「僕を……癒やして」

腰を抱く手が拘束を強くし、足を絡ませてきた。

これ以上ないほど密着した身体は、やっぱり心地よくて堪らない。

「うん、頑張る」

「ありがとう。愛してるよ……」

頬が離れ、今度は顔を見合わせる。

そのまま引き寄せられるかのように、約束のキスを交わした。

エピローグ

額に柔らかなものが押し当てられ、杳子は眠りの海からゆっくりと浮上した。

「おはよう、杳子」

「ん……おはよ」

カーテンはしっかり閉じられているというのに、やはり今日も眩い目覚めである。

腕枕をしていた手が肩を摑んで、杳子を横向きにした。横たわったまま向かい合わせになったレイモンドの胸へすぽんと収まる。それと同時に腰へ腕を回せば「よくできました」と言わんばかり、頭頂に唇が押し付けられた。

この一連の流れをこれまで何度繰り返しただろうか。

杳子は居心地が良くて、どこよりも安心できる場所に顔を埋め、すっかり馴染んだ匂いと感触を堪能していた。

「……レイ」

寝間着の裾から侵入しようとした手をぺちんと叩く。果敢にも再びチャレンジしようとするのをすかさず捕らえ、目覚めてから五分と経たずに不埒な真似をしてくるレイモンドを睨みつけた。

「ダメ?」

「当たり前でしょっ!　そろそろ起きる時間だよ」

残念、という呟きを無視して反対側へと寝返りを打ち、ベッドの縁から床へと足を下ろした。

「…………っと」

「大丈夫?」

立ち上がった瞬間、うまく力が入らずに膝がかくりと折れた。沓子は何とか持ち直し、声の主を振り返りざまにじとっと恨めしげな眼差しを向けた。

「心配するくらいなら、もうちょっと手加減してもらえると嬉しいんだけどな」

「うん、ごめんね。沓子が可愛すぎて我慢できなかったんだ」

この件に関して責任転嫁されるのはもう慣れっこだ。わざとらしく大きな溜息をついてから拳で腰を叩いていると、隣に立ったレイモンドにひょいと抱え上げられた。

「お詫びに運ぶよ」

「ん……ありがとう」

お詫びになっているのか甚だ疑問ではあるが、沓子が楽をできるのは確かなので大人しく運ばれる。廊下の先にある洗面所へ到着すると、レイモンドは額にキスを落としてからキッチンへと向かっていった。

蛇口を捻り、冷たい水でぱしゃぱしゃと顔を洗う。髪を軽くまとめてからレイモンドの後を追いかけた。

早くもベーコンの焼ける香ばしい匂いが漂っている。少しゆっくりしすぎたかもしれないと焦りつつ、木棚からコーヒー粉の入ったガラス瓶を取り出した。

真新しいシステムキッチンの反対側に小さめのカウンターを造ってもらったのは、朝食を作るレイモンドの邪魔にならないようにする為だった。

沓子専用のカウンターに置かれているのは、日本で使っていたものと色違いのエスプレッソメーカー。赤いロゴの映えるライトブルーのボディはこまめにメンテナンスをしているので、毎日使っているというのに新品同様にピカピカしている。

プロポーズの言葉通り、レイモンドが沓子に望んだのは毎朝のカプチーノ作りだけ。

さすがにそれは申し訳ないと家事を手伝おうとすれば、毎回やんわり断られてしまう。ちなみに一度だけ意地になって決行したところ、問答無用で寝室に連れ込まれてそれはそれは酷い目に遭った。

以来、レイモンドに気付かれない程度のちょっとした事以外は手を付けないようにしている。

時間が許す限り丁寧にエスプレッソを淹れ、きめ細やかなフォームミルクをスチーマーで作る。慎重にそれらをお揃いのマグカップに注ぎ合わせ、両手に持ってダイニングテーブルへと向かった。

「わ……イングリッシュマフィン！」

白い皿には丸いパンの間に厚切りベーコンと目玉焼き、そしてチーズが挟まれたものが乗っていた。これが紙に包まれていれば、日本で頻繁に利用していたファストフードでモーニングの時間帯によく食べていたものと似ている。とはいえ、味はこちらの方が格段に上だろう。

「レイは本当に料理上手だよね」

「毎日同じものを出して、沓子に飽きられたら困るから研究しているんだ」

「……ありがとう。すごく嬉しい」

サラダとオレンジジュースを運んできたレイモンドがにっこりと微笑んだ。こういう事を言われると未だに照れが先に出てきてしまう。だけど、沓子の為にと色々考えてくれているのだ。だから今は、感謝の気持ちを素直に伝える練習を密かに頑張っている。

二人で向かい合って朝食をとり、レイモンドが食器の片付けと身支度をしている間にエスプレッソを二杯分抽出する。そして保温機能のある水筒に注ぎ入れてきっちりと蓋を閉め、アタッシュケースの隣に置いた。

これは「仕事中も沓子のエスプレッソが飲みたい」というリクエストを受け、数日前にようやく追加された仕事なのだ。はい喜んで！　と意気込んで引き受けたのは言うまでもない。

「それじゃあ、行ってくるよ」

「うん、気を付けてね」

本日のスーツはネイビーに細いストライプが入ったもの。仕事モードに切り替わったレイモンドはいつ見ても格好いい。ぼうっと見惚れてしまいそうになるのを堪え、沓子は玄関ドアの前でレイモンドを見上げた。

「んっ……」

綺麗な顔がすっと近付き、目を閉じると同時に唇が重ねられた。

洋画などで見る限り、いってきますのキスというのはさらっと軽いもののはずなのだが、レイモンドの唇はいつもなかなか離れてくれない。

「はぁ、行きたくない……沓子とゆっくりしたいよ」

頭に頬ずりしながらレイモンドが憂鬱そうに呟いた。どうやら面倒な案件を担当中らしく、今週はずっとこの調子なのだ。

「今日は金曜日だから、もう少しだけ頑張って」

「じゃあ……週末は沢山癒やしてくれる？」

耳元で思わせぶりに囁かれ、沓子はきゅっと唇をすぼませた。

ここで照れたらレイモンドの思う壺である。

「……ちゃんとお仕事してきたら、考えてもいいよ」

「わかった。そういうことなら頑張ってくる」

左の頬に音を立ててキスしてからレイモンドはようやく玄関ドアを開けた。小さく手を振って見送り、ドアが閉まるなりオートロックが作動した。

沓子はリビングへと戻り、ガラス戸を開けてバルコニーへと出た。手すりに寄り掛かって道路を見下ろすと、ちょうどエントランスから焦げ茶色の頭が出てくるところだった。

レイモンドは待機していた車へ歩み寄り、乗り込む寸前にこちらを仰ぎ見る。振られた

左手に嵌った指輪が朝日を受けてキラリと光った。

さすがに六階から道路に向かって声を掛けたら近所迷惑になってしまう。沓子もお揃いの指輪をした左手を振り返した。

最初は車まで見送りに行くつもりだったのだが、レイモンドから戻るのは大変だろうからそこまでしなくていいと言われ、今の形に落ち着いている。

ちなみに後日、沓子の「レイの運転手さんは渋くて格好いいね」という何気ない一言もそうなった一因であると判明した。

車が出発するのを見送ってから沓子はバルコニーで大きく伸びをした。ここしばらく曇天続きだったので、久々に浴びた日光が心地いい。

イギリスに移住して一ヶ月。ようやく異国の景色にも慣れてきた。

エルフィンストーン家の屋敷はロンドン郊外にある。

広大な敷地に建つ石造りの大きな家はまるで映画に出てくるような立派なものだった。挨拶に赴いた沓子はわーすごいなーと半ば観光気分で外観を眺めていたが、玄関扉を開けた途端、ずらりと並んだ使用人の数に思わず後ずさってしまった。

当初は部屋が余っているし家事の心配をしなくていいからと、家族からは屋敷に住むよう勧められた。しかし、レイモンドの強い希望により、しばらくは新婚夫婦のみで暮らす事になったのだ。

二人の新居があるのはロンドンの中心部、サウス・ケンジントン。その名の通り、かの有名なケンジントン宮殿が徒歩圏内にある。

元々エルフィンストーン家の持ち物だったフラットの最上階《ペントハウス》を、沓子が暮らしやすいようにと全面リフォームしたのだそうだ。

言われてみれば、海外の住宅なのにお風呂とトイレが別々になっており、浴室にはバスタブの他に洗い場がちゃんと付いている。それからベッドルームの一つをウォークインクローゼットに作り替え、二人の衣類がそこにずらりと並べられている。

イギリスへ移住するにあたり、沓子が決めたのはカウンターのサイズとエスプレッソメーカーの色だけ。それ以外は全てレイモンドと彼の家族が手配してくれたそうだ。

特にレイモンドの母親である真梨子《まりこ》が大張り切りしていたらしく、エルフィンストーン家の面々と顔を合わせた際にこっそり教えてもらった。

建物の合間からロンドン自然史博物館が見える。巨大な城のような建物をぼんやりと眺めながら、沓子は怒濤のように過ぎ去った日々を思い出していた。

もう二度と誰も好きにならない。なりたくないとまで思うほど激しいショックを受けてから一転、レイモンドから苦しげで情熱的なプロポーズを受けた。

杳子は迷うことなくこれまでのキャリアを捨て、彼と共に生きる道を選んだ。あんなに会社が好きだったのに！　と退職を告げた同僚たちに驚かれたが、一番驚いていたのは杳子自身に他ならなかった。

そこからはお互いのスケジュールをやりくりして、新幹線で片道三時間の場所にある杳子の実家へ日帰りで挨拶に行った。

家族にレイモンドの存在は伝えていなかったが、どこかから噂は聞いていたらしく両親は意外にも冷静に応対してくれた。

だがしかし、イギリスに移住すると伝えたらさすがに硬直してしまい、レイモンドがしきりに謝っていたのが今では笑い話になっている。

移住に関する諸々の手続きは、この類の事には慣れているからという理由で全てレイモンドが肩代わりしてくれた。

レイモンドから丁寧かつわかりやすい説明を聞き、杳子が書類に一枚ずつサインを入れていく。難解な上に大量の書類を目の当たりにして、一人だったら絶対に途中で断念していただろうと確信する。

それが終わると区役所に赴き、指示された書類を受け取ってレイモンドへと渡して終了した。実はこの後にまた面倒な申請があるそうだが、そこは専門家である彼に任せた方が安心だろう。

まずは英国定住者ビザ《Settlement》を取って、渡英後に配偶者ビザ《Spouse》に変えるんだよ、いずれは永住権かできれば市民権を取ろうね、というややこしい説明に国際結婚って面倒なんだな……と、つい遠い目になってしまった。

残るは引っ越しに関わる物理的な諸々だが、これに関しては沓子のあまり物に執着しない性格が功を奏した。つまり、本当に必要なもの（主に書籍）を除いて、家具家電共に全て処分するという豪胆な作戦に出たのだ。

何せ二人には時間がなかった。本人が必須のタスク以外はできるだけ手を付けない。「金銭面は心配しないで」という宣言があった事もあり、沓子は無事にレイモンドの帰国に合わせての渡英を果たしたのだった。


「さて……と」

部屋着に着替えた沓子は冷蔵庫からミネラルウォーターの瓶を取り出した。

そしてスマホを片手に、リビングの一角に設置された大きめのデスクへと向かう。

スペースは二分割されており、片方にはパソコン、もう片方には工具箱と作りかけのロボットが置かれている。

完成すれば全長五十センチほどになるロボットはレイモンドからのプレゼント。組み立てる為のマニュアルが英語で書かれているから、好きな事をやりながら英語の勉強も出来る。まさに一石二鳥のアイテムは、今の二人にとって休日のお楽しみとなっていた。

モニターの電源を入れてパソコンをスリープから復帰させ、リモートアクセス用のアプリケーションを立ち上げた。それから事前に設定してあるパスワードに続き、スマホに届いた認証コードを入力する。

しばらくするとウィンドウが立ち上がり、沓子がハリオスで使っていたパソコンと全く同じデスクトップ画面が表示された。

沓子は渡英を機に大好きだった会社を退職した。

そして今は、業務委託という形で設計の仕事を請け負っている。

実は在宅勤務制度の整備が進められている真っ最中だ、と退職面談の際に部長から教えられた。優秀な人材をこのまま手放すのは惜しい、海外在住の場合、雇用継続は難しいが委託契約ではどうだと提案され、沓子は一も二もなく頷いてしまった。

それらの仕組みやルール作りには、どうやらオルトナーが一枚噛んでいるらしい、という噂も耳にしたが、当のレイモンドには笑顔ではぐらかされてしまった。

とはいえ、愛する人のすぐ傍で一度は離れる覚悟をした仕事を続けられる。これ以上ない幸せな展開に、書類が届くまでこれは夢ではないかと疑っていたほどだ。

届いていた依頼内容に目を通していると、沓子のログインに気付いた元同僚からチャットでメッセージが届いた。

二、三言メッセージを交わした後、音声通話へと切り替える。設計依頼書の画面も共有して軽い打ち合わせが始まった。

日本とロンドンの時差は九時間。いつも八時半頃から仕事を始めるので、ギリギリ定時内で打ち合わせができる。十分ほどで通話を終わらせ、沓子は設計で使うソフトを立ち上げた。

パソコンデスクにはモニターが二つ設置されている。出来るだけハリオスにいた頃と同じ環境を、とレイモンドが用意してくれた。実はこちらの方がモニターが大きくて快適だと伝えると、「それなら、沓子が戻ってしまう心配はないね」と嬉しそうに言われてしまった。

開け放った窓からロンドンの喧騒が届く。

聞き慣れない車のクラクション、そして下を歩く誰かが大声で話す英語。

「随分と遠くに来ちゃったなぁ……」

あの日、沓子はただ大好きな自社製品の修理に行っただけ。
まさかその一年後、結婚をして日本からはるか遠く異国の地で暮らすことになるとは、
人生とは本当に何が起こるか分からないものだ。
だけど、これもまた——運命なのだろう。
沓子はしばし窓の外を眺め、チャットの着信を知らせる音で視線をモニターへと戻す。
明るい陽射しが差し込む部屋には、軽やかにキーボードを叩く音だけが響いていた。

Fin

あとがき

お初の方は初めまして。そうでない方はお久しぶりです。蘇我空木《そがうつき》です。

この度は『エリート国際弁護士にロックオンされました!!』をお手に取っていただき、誠にありがとうございます。

今回のヒロインは念願のリケジョでございます。しかもだいぶ残念女子です。

沓子は男性嫌いでもなく、恋愛に臆病な訳でもなく、ただ純粋に今まで興味がなかっただけです。

お陰で立っていたはずの恋愛フラグに今まで一切気付かなかったのに、遂にその鈍さを物ともせずに押しまくる猛者が現れた！　というお話です。

何度もすげなくあしらわれたというのに、めげるどころか逆に燃え上がるレイモンドもなかなかいい性格してるよなーと書きながら思っていました。沓子にはひたすら甘いですが、ヤツのお腹の中は真っ黒に違いありません。

そして、作中には色々と理系ネタを盛り込ませていただきました。

読者の皆さんのお役に立つようなものはありませんが、ロボットコンテスト、通称ロボコンだけは強くお勧めさせていただきます。某動画サイトには公式チャンネルもありますので、あの熱い戦いを是非観ていただきたい……！　ちなみに蘇我は全国大会の決勝戦で感動のあまりちょっと泣きました。
　今は高専だけでなく、他の学生が参加できるものや国際大会なんかもあります。年々難解になっていく運営から出される課題と、それを様々な技術を駆使してこなしていく学生という、また違う意味での戦いも楽しみの一つだったりします。（熱く語りすぎ）
　あと「コードブック」やら「浸透圧」やら、おおよそロマンチックとは程遠い単語が連発されるお話となりましたが、書いた本人がとっても楽しかったので許して下さい。
　特にコードブックについてはですね、漫画や小説なんかでこういうシーンを見る度に、「いやそれ、本人の声じゃねーし」と密かにツッコミを入れていたのをようやくネタにできて大満足です。逆にショックを受けた方がいらっしゃったら申し訳ありません。でも今は、約四十三億パターンの中から選び出しているので、実質本人の声と一緒と考えて良いんじゃないかな……と、一応フォローしておきます。

　このお話はですね、編集さんからＯＫがもらえるかドキドキしながらプロットを書き、いざ書いてみたら流石にこれはふざけすぎた……？　とビクビクしつつ原稿を提出しました。その辺りに関してはほとんど修正なく本にできましたのは、ひとえに担当編集さんの努力と編集部の皆さまの寛容さのお陰です。本当にありがとうございましたっ！

ただ、キャッチコピーに「爆誕」というワードが入ったのは吹きました。もしかして、結構ノッてくださっていましたか……？

そして、ヒロインの残念さとふざけるにも程があるノリを、物凄く可愛らしいイラストで中和して下さったＦａｙ《フェイ》先生にも深く御礼申し上げます。お忙しいにも拘わらず、私の我が儘にも快く対応してくださいまして感謝の言葉もございません。

それでは、またお会いできる日を楽しみにしております。

令和元年　クリスマス　　蘇我空木

お仕事一徹だった沓子ちゃんが、
レイモンドを意識しはじめてから
どんどん恋に溺れていく様子に
どきどきしました！
現代ものは初めてでしたが、
めちゃめちゃかわいい2人を
描かせていただけてとても光栄です。
この物語をご覧になった方全員に
幸せが訪れますように♡

Fay(@f__2go)

Illustration Gallery

堀井沓子

レイモンド・エルフィンストーン

別案カバーラフ

カバーラフ

Opal

エリート国《こく》際《さい》弁《べん》護《ご》士《し》に
ロックオンされました!!

オパール文庫をお買い上げいただき、ありがとうございます。
この作品を読んでのご意見·ご感想をお待ちしております。

ファンレターの宛先
〒102-0072　東京都千代田区飯田橋3-3-1
プランタン出版　オパール文庫編集部気付
蘇我空木先生係／Fay先生係

オパール文庫&ティアラ文庫Webサイト『L'ecrin《レクラン》』
http://www.l-ecrin.jp/

著　者――**蘇我空木**(そが うつき)
挿　絵――**Fay**(フェイ)
発　行――**プランタン出版**
発　売――**フランス書院**
〒102-0072　東京都千代田区飯田橋3-3-1
電話(営業)03-5226-5744
　　(編集)03-5226-5742
印　刷――誠宏印刷
製　本――若林製本工場

ISBN978-4-8296-8402-3 C0193

©UTSUKI SOGA, FAY Printed in Japan.
*本書のコピー、スキャン、デジタル化等の無断複製は著作権法上での例外を除き禁じられています。本書を代行業者等の第三者に依頼してスキャンやデジタル化することは、たとえ個人や家庭内の利用であっても著作権法上認められておりません。
*落丁・乱丁本は当社営業部宛にお送りください。お取り替えいたします。
*定価・発売日はカバーに表示してあります。

Opal Label オパール文庫

Op8359

好評発売中!

Opal Label オパール文庫

好評発売中!

Op8382

Opal Label オパール文庫

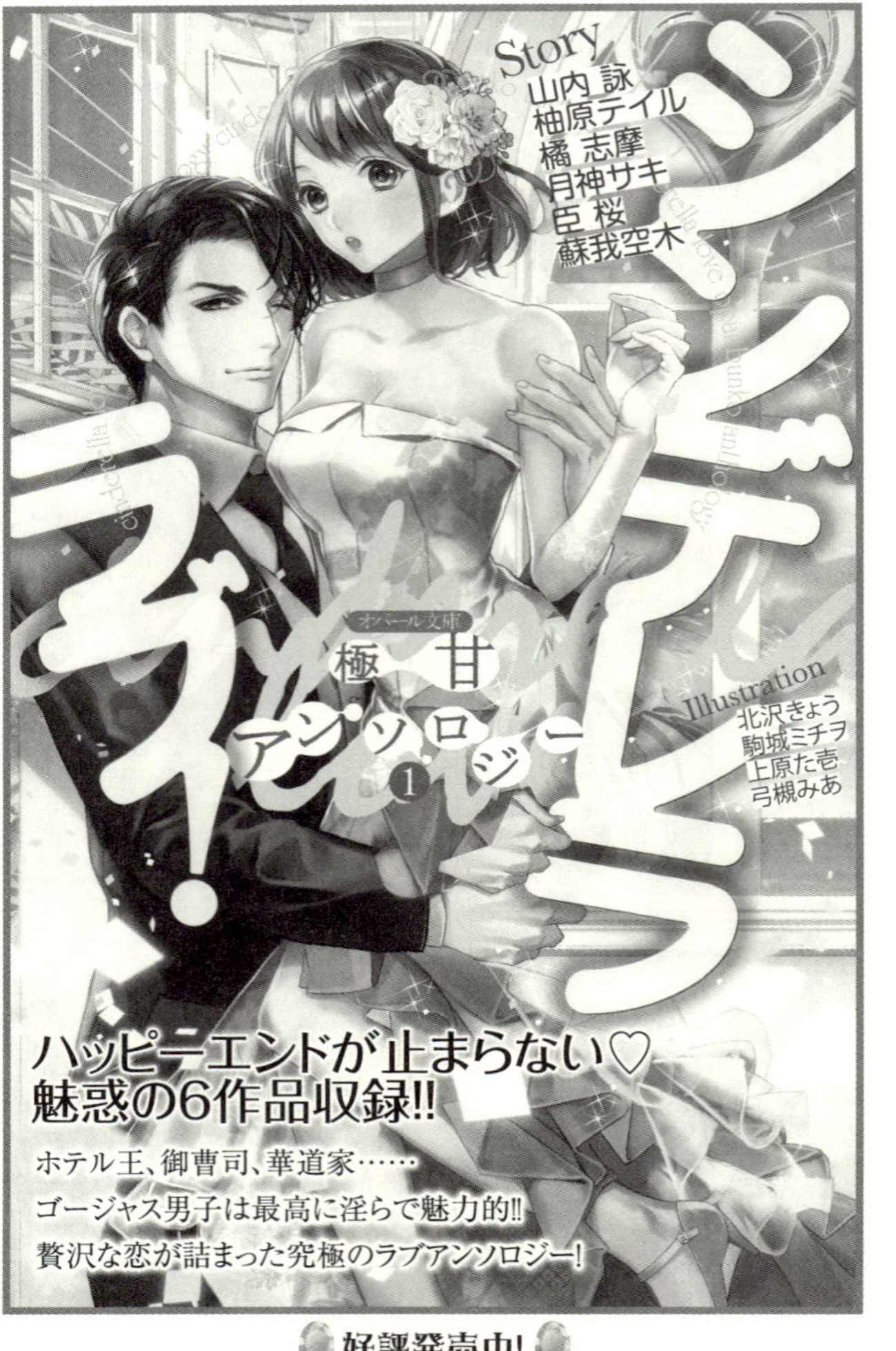

Op8336

好評発売中!

ティアラ文庫&オパール文庫総合Webサイト

L'ecrin

レクラン

http://www.l-ecrin.jp/

『ティアラ文庫』『オパール文庫』の
最新情報はこちらから!

♥無料で読めるWeb小説
『ティアラシリーズ』
『オパールシリーズ』

♥オパールCOMICS

♥Webサイト限定、特別番外編

♥著者・イラストレーターへの特別インタビュー …etc.

公式Twitterでも
(@tiarabunko)
最新情報を
お届けしています!

原稿大募集

オパール文庫では、乙女のためのエンターテイメント小説を募集しております。
優秀な作品は当社より文庫として刊行いたします。
また、将来性のある方には編集者が担当につき、デビューまでご指導します。

募集作品

H描写のある乙女向けのオリジナル小説（二次創作は不可）。
商業誌未発表であれば同人誌・インターネット等で発表済みの作品でも結構です。

応募資格

年齢・性別は問いません。アマチュアの方はもちろん、他誌掲載経験者や
シナリオ経験者などプロも歓迎。
（応募の秘密は厳守いたします）

応募規定

☆枚数は400字詰め原稿用紙換算200枚～400枚
☆タイトル・氏名（ペンネーム）・住所・郵便番号・年齢・職業・電話番号・
メールアドレスを明記した別紙を添付してください。
また他の商業メディアで小説・シナリオ等の経験がある方は、
手がけた作品を明記してください。
☆400～800文字程度のあらすじを書いた別紙を添付してください。
☆必ず印刷したものをお送りください。
CD-Rなどデータのみの投稿はお断りいたします。

注意事項

☆原稿は返却いたしません。あらかじめご了承ください。
☆応募方法は郵送に限ります。
☆採用された方のみ担当者よりご連絡いたします。

原稿送り先

〒102-0072　東京都千代田区飯田橋3-3-1
プランタン出版「オパール文庫・作品募集」係

お問い合わせ先

03-5226-5742　（プランタン出版　オパール文庫編集部）

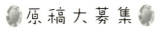